40
마흔의 숨

류재민

40
마흔의 숨

1판 1쇄 발행 2024년 10월 20일

지은이 류재민
발행인 이지성
펴낸곳 강가

출판신고 2024년 1월 9일 제 389-2024-000004호
주소 경기도 부천시 오정구 고강로 98번길 16 302호
전화 010 4320 9084 팩스 0504 290 9084
홈페이지 http://gangga.co.kr
ISBN 979-11-94138-05-1 (03810)
ⓒ류재민 2024
이 책의 전체 또는 일부를 재사용하려면 저작권자와 강가출판사의 동의를 받아야 합니다.
책값은 뒤표지에 있습니다. 잘못된 책은 구입하신 곳에서 바꾸어 드립니다.

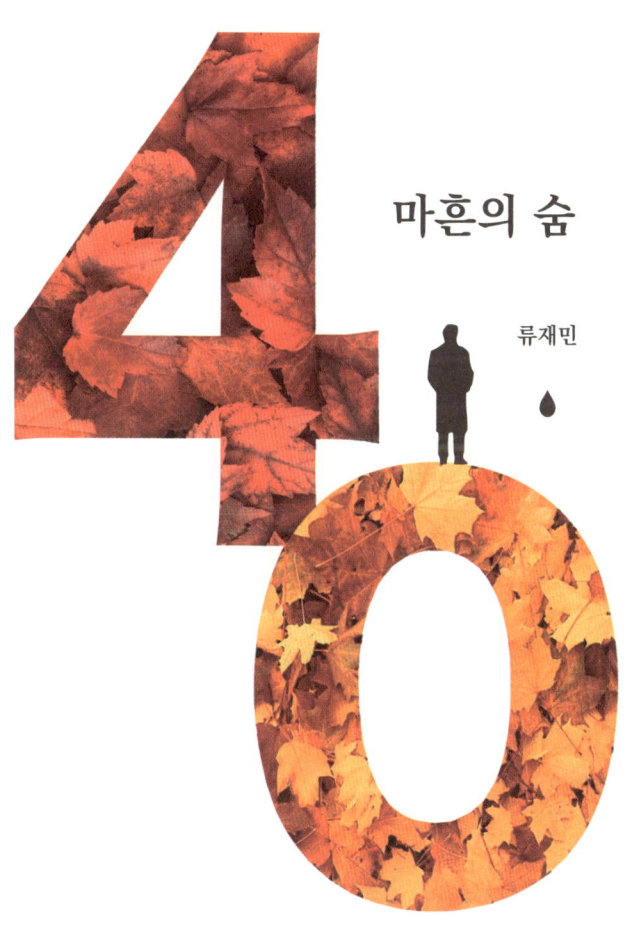

마흔의 숨

류재민

프롤로그

40

곰이 재주를 부리던 시절 이야기다. 한 시골 마을에 서커스단이 들어왔다. 집채만 한 몸집의 코끼리부터 갈퀴가 선연한 사자, 침팬지인지 오랑우탄인지 구분할 수 없는 원숭이들과 등에 혹을 달고 다니는 낙타와 얼룩무늬 조랑말까지. 난쟁이 어릿광대와 코 빨간 피에로는 공연이 열리는 커다란 천막 안으로 사람들을 끌어 모았다.

하지만 관객의 시선을 사로잡은 건 줄타기도, 곡예도, 텀블링도 아닌, 재주 부리는 곰이었다. 곰은 덩치만큼 힘도 셌다. 코끼리 다리만 한 통나무를 발로 밟아 두 동강 냈고, 무거운 바윗돌도 역도 선수처럼 번쩍 들었다. 곰은 덩치와 다르게 날렵했다. 조련사가 던져주는 먹이를 잽싸게 받아먹고, 물구나무를 서고, 오토바이도 탔다. 곰은 서커스단 명물로 명성을 떨쳤다.

그 당시 곰의 평균 수명은 인간과 비슷했다. 40이 넘자 곰의 행동은 예전과 크게 달라졌다. 몸에 힘이 빠지고, 순발력이나 민첩성도 현저히 떨어졌다. 물구나무를 서다 넘어지기 일쑤였고, 오토바이는 아예 올라타지도 못했다. 곰은 서커스단 명물에서 퇴물로 전락했다. 사람들은 더 이상 둔한 곰의 공연을 보러 오지 않았다. 서커스단 단장 왕서방은 곰에게 욕을 하며 채찍을 가했다.

"도대체, 넌 할 줄 아는 게 뭐야 이 녀석아! 밥이나 축낼

줄 알지, 쓸모라고는 찾아볼 수 없는 미련 곰탱이 같으니라고."

곰은 한탄했다. 재주는 누가 부리고, 돈은 누가 벌었는데, 이제 와 천덕꾸러기 신세라니. 어느 날 밤, 곰은 조용히 서커스단을 빠져나왔다. 그러나 누구도 사라진 곰에 관심을 두지도, 찾으러 나서지도 않았다. 어두컴컴한 밤에 서커스단 천막 위에 반짝이는 별들이 총총히 박혔다. 순전히 내가 꾸며낸 이야기지만, 이런 우회 같은 인생(人生)이 40 아닐까.

작가 정여울은 40대 초반에 쓴 산문 〈마흔에 관하여〉 프롤로그에 "마흔은 내가 처음으로 있는 그대로의 나를 사랑하기 시작한 나이"라고 썼다. 어쩌면 그렇다. 직장에서는 치고 올라오는 후배들과 경쟁하고, 위로는 모시고 챙길 선배들 틈바구니에 끼어 있는, 집에서는 사춘기에 접어든 아이들 눈치보랴, 갱년기를 앞뒀거나 이미 접어든 배우자 비위 맞추랴 정신없는, 노쇠한 부모의 건강과 용돈도 챙겨야 하는, 일터와 가정에서 정체성과 존재감이 흐려질 수 있지만, 그렇기에 더더욱 자존감을 높여야 하는, 스스로를 아끼고 사랑해야 하는 나이가 40 아닐까.

서커스단을 빠져나온 곰도 자신을 무시하고 홀대한 왕서방이 무서워 도망친 게 아니었으리라. 자신의 실력을 인정해 주는 조련사를 찾아, 자신의 더 나은 삶을 위해 새로운 길을 찾아 나섰을 지 모른다. 인생 역시 무언가를 다시 시작할 수 있는 때, 그때가 바로 40 아닐까.

목차

프롤로그 : 40　　　　　　5

1부　들이쉬는 숨

1. 휴식　　　　　　15
2. 벚꽃　　　　　　19
3. 뿅뿅 오락실　　　23
4. 여드름　　　　　33
5. 전쟁기념관　　　39
6. 대통령실 기자실　43
7. 기차　　　　　　49
8. 퇴근　　　　　　53

2부　내쉬는 숨

1. 긴 숨　　　　　　　59
2. 새벽 어스름　　　　65
3. 글 고민　　　　　　73
4. 백일장과 선녀들　　81
5. 오리처럼 뒤뚱뒤뚱　89
6. 여행　　　　　　　95
7. 습관　　　　　　　101
8. 배움　　　　　　　107

3부 그리운 숨

1. 민트초코   115
2. 오 박사   123
3. 아들의 독립선언   129
4. 밤양갱   135
5. 유전과 유산   143
6. 어머니의 졸업식   149
7. 류씨 집안 '김장 대작전'   157
8. 저녁이 있는 삶   161

4부   호, 부는 숨

1. 해   167
2. 꿈   171
3. 하루키   177
4. 국화 1   183
5. 국화 2   191
6. 10시 10분   199
7. 계절, 변화   203
8. 활   209

낙타   213
에필로그 : 50   215
작가의 말   219
편집자의 말   223

1부
들이쉬는 숨

1. 휴식

창으로 부서져 들어오는 햇살 조각들.

쉬는 날 동네 책방 카페에 앉아 오전을 보낼 때면 수다쟁이 참새들의 지저귐이 들린다. 차가운 얼음이 짙은 갈색 아메리카노에 동동 담기어 사각거린다. 테이블 위에 놓인 머그잔에선 방울방울 맺힌 물방울이 주르륵 흘러내린다. 해와 구름, 숲과 나무, 산새가 날아드는 풍경을 바라볼 수 있는 여유로운 시공간. 동네 카페에 앉아 시간의 흐름에 생을 맡기고, 책의 장과 단어와 쉼표와 여백에 정신을 맡긴다. 멈추지 않고 달리던 생의 시간이 기차가 쉬었다 가는 시골 간이역처럼 숨을 고른다. 이런 순간들을 가질 수 있다면. 그렇다, 우리는 살 수 있다. 쉬는 날 한적하게 고요에 몸과 정신을 내맡길 수 있다면. 우리는 생을 숨 쉴 수 있다. 고독을 벗 삼아 흘러간 추억 한 소절을 흥얼거릴 수 있다. 그렇다, 40은 그렇게 너그러움을 품을 줄 아는 나이다.

톡톡. 우아하게 창문을 두드리는 빗소리.

비 오는 날 북카페에 앉아 있으면 출입문이 열릴 때 계단으로 떨어지는 빗소리가 다정하게 들린다. 저마다 사연이 있을 자그마한 빗방울들이 부르는 합창에 귀 기울이면, 어느새 낭만이란 이름들이 차곡차곡 마음에 쌓인다. 어릴 적 시골 대청마루에 배 깔고 누워 가만히 듣던 장 항

아리, 절구통, 댓돌을 토닥이던 빗방울 소리가 고즈넉한 카페의 목가적 적막에 리듬감을 끌어온다.

책방 안에 배인 활자들의 향은 고향집 청국장 냄새보다 깊고 구수하다. 한 공간에 있는 이들의 발소리와 소곤거리는 말소리는 시골집 뒤란에 핀 화초들의 수런거림 같이 거슬리지 않는다. 아늑히 감기는 클래식 음악은 평온히 마음에 스며든다. 동네 책방 카페는 한 주의 피로를 잊고 휴식하기 좋은 장소다.

텅 빈 마음으로 책방에 앉아 있으면 시름도 잊고, 일도 잊고, 밥 때도 잊는다. 그렇게 잠시 나의 생이 평안히 숨 쉰다. 간식 같은 휴식이다.

2. 벚꽃

    여의도의 봄은 벚꽃이 연다. 해마다 3월이면 윤중로를 따라 죽 늘어선 벚나무에 연분홍빛 감도는 하얀 벚꽃이 팝콘처럼 부풀어 오른다. 나는 그 예쁘고 탐스러운 꽃송이를 국회로 취재하러 가는 길 버스 안에서 보곤 했다. 봄만 되면 '이번엔 꼭 가서 봐야지' 하다 매번 시기를 놓치곤 했다. 그렇게 보낸 시간이 어언 10년.

이번에도 그리 벚꽃 구경 못하고 지나는구나 싶었을 무렵, 뜻밖의 기회를 만났다. 국회의사당 근처, 지인과의 점심 약속이었다. 식사를 마친 우리는 커피를 들고 국회 주변을 걸었다. 커피를 홀짝 마시던 그는 겸사겸사 꽃구경을 가자고 했다. 마침 봄 꽃 축제 기간이었고, 벚꽃을 보러 온 상춘객들로 붐볐다. 급히 처리할 일도 없었기에 그러자고 했다.

 도로는 인파로 북적였고 남녀노소 한데 어울렸다. 꽃나무와 함께한 순간을 사진에 담는데 여념이 없는 사람들, 각양각색의 차림들, 얼굴들, 동작들, 목소리들의 독특함과 유일함 가운데, 그들의 미소만큼은 하나의 강물처럼 동일한 감정선을 따라 흐르는 듯 보였다. 살랑이는 감정들이 눈꽃처럼 길 위에 흩날리고 있었다.

 공원에는 교복 입은 새침데기 여학생들이 옹기종기 모여 꽃단장을 하고 있었고, 데이트를 즐기는 연인은 꿀이

뚝뚝 떨어지는 눈빛을 나누고 있었다. 널따란 돗자리를 깔고 앉아 도시락을 먹는 가족도 있었고, 주름진 손을 꼭 잡고 산책하는 백발의 노부부도 있었다.

문득 그들의 이야기가 궁금해졌다. 저들은 어떤 우주에서 흘러왔을까? 어떤 번뇌를 거쳐왔을까? 어떤 숨결을 지니고 있을까? 나는 그렇게 단 하나 뿐인 우주들, 단 하나 뿐인 존재들을 바라보았다.

둘은 한참을 걷다 의자에 앉아 세월처럼 흘러가는 한강을 물끄러미 바라봤다. 저 멀리, 사람들을 태운 유람선 한 척이 물살을 가르며 유유히 지나갔다. 수상스키를 즐기는 청년도, 오리배를 탄 남녀도 보였다. 꽃길은 바쁘면서도 평온했다. 나는 그동안 무엇에 쫓겨 살았는지, 여의도를 밥 먹듯 오가면서도 정작 꽃길은 걸어 본 적이 없었다. 국회 출입 10여 년 만에 여의도 벚꽃에 가까이 다가간 날이었다.

물음표와 도돌이표의 굴레 속에서 잠시나마 쉼표를 찍어본 하루였다.

벚꽃의 꽃말이 '아름다운 영혼' '삶의 아름다움'이라고 했던가. 휴식의 시간은 짧았지만, 벚꽃과 군상의 인상은 깊고 길게 남았다. 내 영혼이 아름다워지고, 삶이 아름다워질 수 있다면, 예쁜 장면을 조금 더 바라보고, 간직하고 싶다는 생각이 들었다.

올해도 여의도 벚꽃은 새색시 뺨처럼 곱게 피었다. 가까운 듯 먼 듯, 봄이 오는 소리가 내 마음에 속삭이듯 스민다.

3. 뽕뽕 오락실

버스를 타고 이동 중이었다. 나는 맨 뒷좌석에 앉아 있었고, 앞자리에는 초등학생 둘이 나란히 앉아 있었다. 둘은 모바일 게임 삼매경에 빠져 있었다. 어깨너머로 넌지시 보니 한 학생은 로블록스, 다른 학생은 브롤스타즈에 열심이었다.

얼마간 나는 호기심 어린 눈빛으로 학생들의 게임 속

맞아 터지고 쓰러지는 캐릭터들을 흘금거렸다. 그리곤 고개를 돌려 창밖을 내다봤다. 달리는 차창 밖으로 상점 간판과 빌딩 숲과 가로수와 크고 작은 차들이 휙휙 지나고 있었다. 익숙한 거리 풍경이 파노라마처럼 펼쳐졌다. 마치 스쳐 지나간 세월처럼.

그리움이 밀려들었다. 나는 학생들의 폰에서 무언가 펑펑 터지는 소리를 들으며, 창 밖의 강물처럼 흘러가는 서울 풍경을 바라보며, 아득한 미소를 지었다. 그리고 서서히 떠오르는 어린 시절 풍경에 물들어 가는 마음, 따뜻한 그리움을 느꼈다. 우리들이 게임했던 그 시절, 그 소리들도 들려오는 듯했다.

"뿅뿅뿅."

갤러그 한 대를 잃었다. 남은 비행기는 두 대. 등 뒤로 다음 순서를 기다리는 녀석들의 꼴깍 침 넘어가는 소리가 들렸다. 손에 쥔 동전이 부르르 떨렸다. 녀석들은 내가 빨리 끝나 제 차례가 돌아오기를 맘 속으로 빌고 또 빌고 있겠지. 어떤 녀석들은 아예 동그란 버튼 옆에 동전을 죽 쌓아놓고 심리적 압박을 가했다.

'조영 문구'. 내가 다녔던 초등학교 바로 앞 문구점. '조영'은 나와 같은 반 친구였다. 조영 문구에는 문구류만 아니라 온갖 잡동사니를 다 팔았다. 체육복과 실내화, 찰흙을 포함한 과학 준비물, 전과외 디딤학습 같은 문제집도 팔았다. 뿐만 아니라 쫀드기와 쫄쫄이, 아폴로 따위 불량식품, 짜장 범벅과 김치 육개장 같은 컵라면을 비롯해 과자류, 빵 류, 꼬치 어묵을 팔던 만물 잡화상이었다. 하지만 당시 코흘리개 아이들 눈길과 발길을 끈 건 단연 오락게임이었다.

게임기는 3대가 전부였다. 갤러그, 너구리, 테트리스. 문구점은 점심시간마다 오락하러 온 아이들로 붐볐다. 줄이 얼마나 길었는지 점심시간 내내 줄만 서다 돌아간 아이들이 속출했다. 하교 시간도 마찬가지였다. 아이들은 문구점 뒤편에 마련한 간이 오락실에서 저녁이 다 되도록 '뽕뽕' 거리는 소리에 혼이 나갔다. 조이스틱을 이리저리 흔들고, 동그란 버튼 두 개를 번갈아 가며 누르면서. 동전이 떨어진 아이들은 툴툴거리며 떠났다.

그래도 못내 아쉬운 아이들은 버스표를 친구들에게 팔아 오락을 계속했고, 집까지는 걸어갔다. 우리는 누구보다 조영이가 부러웠다. 문구점 아들이니까 언제든 공짜로 오락을 할 수 있으리라 생각했기 때문이다.

한번은 쉬는 시간에 내가 조영이한테 "너는 오락을 실컷 할 수 있어서 좋겠다"라고 물었다. 그때 녀석은 "그렇긴 한데, 꼭 그렇지만은 않아"라며 알 수 없는 대답을 내놨다. 그렇긴 한데, 그렇지 않다는 게 무슨 말인지 그때는 알 수 없었다.

나중에 들은 얘기지만, 조영이 부모님은 공부에 방해될까 봐 저녁 식사 시간 이후로는 모든 전자기기를 껐다고 한다. 숙제를 마치고, 준비물을 챙기고, 씻고, 일기를 쓴 뒤 잠자리에 드는 것이 하교 이후 일과라고 했다. 그러다 학교와 문구점이 쉬는 일요일은 조영이와 동생에게 천국이었다. 부모님이 온종일 오락실을 사용할 수 있도록 허락했기 때문이다.

아이들의 '핫 플레이스'였던 뿅뿅 오락실 인기는 오래가지 못했다. 문구점 근처에 '킹콩 오락실'이 문을 열었기 때문이다. 조영이네처럼 문구점과 병행하는 게 아니었다. 오롯이 오락만 할 수 있는 '진짜 오락실'이었다. 게임기도 스무 대에 가까웠다. 보글보글과 원더보이, 1942, 올림픽, 제비우스, 더블 드래곤, 스노우 브라더스, 트윈 코브라 등등.

어떤 아이들은 오십 원짜리 동전을 동전 투입구 위에

올려놓고 순서를 기다렸다. 플레이어에게는 '그만하라'라는 무언의 압박이기도 했다. 선생님들은 불시에 오락실을 단속했다. 단속에 걸린 아이들은 학교로 끌려가 벌을 받거나 화장실 청소를 했다. 이것도 나중에 안 사실이지만, 오락실 죽돌이들은 '학교 단속반'이 떴을 때를 대비해 도주로까지 준비해 두었다. 그들은 선생님들이 출입문을 열었을 때 미리 만들어 둔 도주로를 통해 재빨리 도망갔다. 어쩌다 한 번 들렀거나, 나처럼 오락실이 어떻게 생겼는지 처음 구경 갔다 걸린 아이들만 번번이 단속에 걸렸다.

중학교를 시내로 진학했을 때, 오락실은 붐이었다. 나는 그때 컴퓨터 학원을 다녔는데, 학원 옆에도 오락실이 하나 있었다. 학원이 끝난 뒤 친구들과 방앗간처럼 들락거렸던 그곳에서 나는 '슈퍼마리오 형제'를 만났다. 주인공 '마리오'와 동생 '루이지'는 콧수염에 멜빵바지를 입은 배관공. 이들은 거북 모양 대마왕 '쿠파'에게 납치된 버섯왕국 피치 공주를 구하기 위한 여정을 떠난다. 버섯 괴물

'굼바'가 다가오면 점프해서 밟아 처리하고, '뻐끔 플라워'(피라냐 플랜트)를 피하고, 거북이 괴물 '엉금엉금'을 쓰러뜨린 뒤 대마왕 쿠파를 처단하면 공주를 구할 수 있다.

고백하건대, 나는 그때 1인용으로 쿠파를 쓰러뜨린 적이 단 한 번도 없었다. 자칭 '오락의 신'이라고 불린 친구와 편을 먹고 2인용으로 했을 때, 겨우 한 번 끝판까지 갔다. 쿠파도 내가 아닌, 친구가 물리쳤고, 피치 공주도 그 친구가 구했다.

고등학교 이후에는 오락실에 가지 않았다. 불량 학생들 아지트로 활용되는 사례가 많다 보니 일탈 장소로 낙인찍혔기 때문이다. '스트리트 파이터' 같은 아이들이 오락실에서 담배를 피우고, 돈을 빼앗기도 했다. 학교 측의 지도단속은 한층 강화됐고, 처벌 수위도 심했다.

당구장이 대세였던 대학가에는 PC방이 하나둘 들어섰다. 1020세대는 리니지, 스타크래프트, 디아블로, 워크레프트, 포트리스, 크레이지아케이드, 카트라이더, 레인보우 식스, 카운터스트라이크, 수많은 RPG게임 등 PC게임에 열광했다. 그사이 동네 오락실은 추억의 뒤안길로 사라졌다.

그로부터 이삼십여 년이 지났다. 이젠 오락실뿐 아니라 PC방까지 서서히 사라지고 있다는 소식이 들려온다. 그리고 스마트폰 앱을 통해 리그오브레전드, 배틀그라운드, 로블록스, 브롤스타즈, 마인크래프트를 하는 시대가 되었다.

초등학생인 내 두 아이는 휴일이면 닌텐도 게임 '마리오 카트'에 열심이다. 사촌 조카가 놀러 왔다 두고 간 게임팩인데, 재밌다고 난리다. 딸은 '키노키오', 아들은 '와루이지' 캐릭터를 주로 사용한다.

2023년 '슈퍼마리오 브라더스'라는 영화가 개봉했다. 예고편을 보니 옛 추억이 떠올랐다. 아이들도 보고 싶다고 하기에 휴일에 셋이서 영화를 보러 갔다. 그 옛날 내가 푹 빠졌던 슈퍼마리오 게임과 요즘 내 아이들이 꽂혀 있는 '마리오 카트'를 섞어 놓은 느낌이었다. 영화가 끝난 뒤 셋은 모두 흡족한 표정을 지었다.

40대 중반에 10대 아이들과 30년 전 추억의 오락게임을 만나다니. 영화는 또 얼마나 흥미진진했던가. 손에 땀이 흥건했다. 팝콘 통은 다 비웠는데, 음료는 반이나 남았다. 나는 화장실 다녀온 사이 미처 못 본 장면을 아이들에게 물었고, 아이들은 생생하게 설명해 주면서 극장을 빠져나왔다.

그렇게 나는 버스에 앉아, 뭉게뭉게 떠오르는 '잃어버린 갤러그'와 '그리운 조영이'에 대한 추억들, 얼마 전 아이들과 보았던 '오늘의 마리오' 모습, 그리고 온 마음에 퍼지는 안온함을 느끼고 있었다. 왠지 그날 버스는 참 천천히 달렸던 것 같다. 어쩌면 내가 그 버스에서 내리고 싶지 않았던 것인지도 모르겠다.

'그리운 추억'이라는 버스에서.

그러고 보니 조영이도 나랑 같은 40이 되었겠다. 지금은 코를 질질 흘리지도, 학교 담을 넘지도, 여자애들 고무줄도 끊고 다니지 않겠지. 그 시절 문구점과 뿅뿅 오락실은 지금도 그 자리에 있을까. 40인 너는 어떻게 지내고 있을까.

조영, 잘 지내고 있니?

4. 여드름

　새벽 5시. 핸드폰 진동소리에 깼다. 머리가 몽롱하고 무거웠다. 몸은 무거웠다. 언제 잠들었지? 맞아, 새벽 2시쯤 기사를 보내고 그대로 침대에 쓰러졌지. 나는 묵직한 40의 몸을 끌고 화장실로 향했다. 물을 틀었다. 찬 물이 쏴, 하고 쏟아졌다. 거울 속 얼굴 넙데데한 익숙한 사내의 자화상을 바라보았다. 사내는 실죽 웃는다. 거울 속 사내는 내게 이렇게 말하는 듯했다.

'너도 어느새 나이 들었구나.'

 그 넙데데한 얼굴을 가만히 보고 있으니, 까맣게 잊고 있던 한 소녀의 얼굴이 스쳐 지나갔다. 윤동주의 시 '소년'처럼, 그렇게 참 그립게. 단풍잎 같은 가을이 여기저기서 뚝뚝 떨어지듯이.

 사춘기, 신은 그 시절 내게 가혹한 시련을 선물했다. 넙데데한 얼굴도 세상 살맛 안 나는데, 여드름이라니! 그런 내게 어머니는 말씀하셨다. '인생을 즐겨라?' 아니, 여드름은 '청춘의 심볼'이라고. 그러나 그 시절 나는 심볼 같은 건 멍멍이나 주라지 싶은 마음이었다. 이태리타월로 박박 밀고 싶은 날이 하루에도 열두 번이었다. 행여나 짝사랑하던 복순이가 저쪽에서 이쪽으로 다가올라 치면 심장은 쿵쾅대다 못해 폭발 일보 직전. 얼굴 곳곳 툭툭 피어난 심볼도 터지기 일보 직전. 그때마다 나는 고개를 푹 숙인 채, 오줌 마려운 강아지 마냥 어쩔 줄 몰라 했다. 그러다 전봇대에 이마를 꽝 부딪쳐 식전 댓바람부터 별이 뽕뽕거리며 돌기도 했고, 그녀 앞에 서면 여드름꽃 한가득 핀 얼굴이 홍당무처럼 붉어지기도 했다.

그러던 어느날, 복순이는 아무 말없이 어디론가 전학 가버렸고, 어느새 여드름도 소리소문 없이 사라져 버렸다.

그렇게 시원섭섭했던, 어쩌면 그래서 더 아쉽고 그리운 시절들, 그런 날들, 그리운 얼굴들이 문득 떠오르곤 한다.

그 소녀, 사랑처럼 슬픈 얼굴, 복순이.

그 아이도 40이 되었을까? 잘 지내고 있을까? 결혼해 엄마가 되어 있을까? 아이가 있다면 우리 애들 만할까? 그 시절 여드름 가득했던 내가 자길 짝사랑했다는 걸 알긴 알까? 괜스레 거울 속 모습을 빤히 바라보며, 어느새 나이 들어 주름진 얼굴을 보며, 그런 상념에 잠기곤 한다.

40은 소녀를 닮은 나이다.

40은 섬세하다. 그래서 더 고독을 느끼는지도 모른다. 갑자기 섭섭함이 밀려올 수 있고, 문득 누군가 그리워지기도 한다. 단단해 보이지만, 꾹 누르면 순두부처럼 폭 들어가는 연하고 말랑한 나이. 변하는 호르몬을 느끼며 갱년기를 친구 삼아 감정의 풍부를 느끼고, 무겁게 짊어져 온 세월에 깊은 지침을 느끼는 나이. 그런 것이 40일까.

그래서 나는 잠시 이렇게 그대와 마주 앉아 우리들의 감정, 추억 그리고 나날들을 이야기하고 싶었는지도, 그대와 느긋이 쉼의 향 맡으며 말을 건네고 싶었는지도 모른다.

나는 어느새 어른이 되었을 소녀에게, 여드름꽃 핀 소년에게 작은 편지를 보내고 싶다.

잘 지내고 있니. 뭐 그저 그렇다고? 이런, 하지만 괜찮아. 어찌 보면 자연스러운 일인지도. 그건 우리가 40이 되어서, 휴(休)가 필요한 나이가 되어서 그런 걸지도 모르니까.

잠시 앉았다 가지 않을래.
숨 돌리며, 이렇게.

5. 전쟁기념관

　햇살 쨍한 가을, 전쟁기념관을 걸었다. 서울특별시 용산구 이태원로 29. 10만 평방미터의 웅장하고 광활한 공간. 그곳은 기자인 나의 산책로였다. 대통령실과 멀지 않아 평소 즐겨 찾던 곳.

　전쟁기념관에는 탱크와 함선, 전투기, 미사일, 전쟁 영웅들의 동상, 6.25 전쟁 참전국 국기와 유엔군 깃발이 언제나 그 자리에 펄럭이고 있었다. 그곳엔 지나간 과거도 늘 펄럭이고 있었다. 그 길을 걸을 때면 자연스레 톨스토이의 장편소설 '전쟁과 평화'가 떠오르곤 했다. 그 길을 걸을 때마다 소설 속 나타샤와 피에르의 사랑과 연민과 조우할 수 있을 것만 같았다.

넥타이 정장에 운동화를 신고 무심히 걷던 나의 발 밑에선 붉은색, 주황색, 노란색 울긋불긋 낙엽들이 바스락거리며 채였다. 아름드리 플라타너스 특유의 냄새도 향긋하게 느껴졌다. 드물게 찬란한 오후였다.

나는 야외에 전시된 수많은 과거의 전쟁 무기들 사이를 걸었다. 그러다 문득 녹슬고 거친 탱크 표면을 손으로 쓱 만져 보았다.

차가웠다.

노병의 낡은 철모처럼.

마음이 움찔했다.

사는 게 전쟁 같아서.

꼭 40 같아서.

6. 대통령실 기자실

삼각지역 13번 출구. 10여분 만 걸어 올라가면 우뚝 솟은 10층 규모 건물이 나타난다. 그 건물 안에 내 자리가 있다. 대통령실 기자실.

창백하게 서 있는 회백색 건물을 향해 뚜벅뚜벅 걸어간다. 다른 기자들도 백팩을 메고 따라 걷는다. 나보다 나이가 많은 이도 있고, 적은 이도 있다. 한두 번 본 사이면 눈

인사, 그보다 친한 사이면 "안녕하세요?" 말인사를 건넨다. 거기까지다. 한 방향만 보며 좀비처럼 나아간다. 지방에서 KTX를 타고 다니는 출퇴근은 피곤하기 짝이 없다.

대통령실 입구에 도착하면 가방에서 출입증을 꺼내 습관적으로 목에 건다. 그런 다음 짊어진 가방을 내려 핸드폰과 함께 검색대 위에 올려놓는다. 소지품이 스캔 박스를 통과하는 동안, 나는 목에 걸린 출입증을 길게 빼 지하철표 찍듯이 갖다 댄다. 안으로 들어가려면 필요한 절차다. 기자들이든, 직원들이든, 그 누구든. 모닝커피 테이크아웃은 기자실에 들어가기 전 나만의 루틴. 아아(아이스 아메리카노) 한 잔을 들고 기자실이 있는 위층으로 올라가면, 출석 체크용 바코드가 기다리고 있다. 공무원도 아닌 기자들 출결을 왜 국가기관이 관리하는지, 도통 모를 일이다.

독서실용 칸막이 책상에 앉아 노트북을 꺼내는 것부터

내 하루 일과는 시작한다. 긴 하품이 나오는 걸 손으로 겨우 틀어막고, VIP 일정부터 체크한다. 밥벌이로 글쓰기는 단조롭고, 때때로 무료하다. 그래도 어찌할 방도가 없다. 일을 해야 밥 먹고 사는 세상인 걸. 그게 삶이고, 생인 걸. 그걸 거스를 수 없는 걸.

어느새 점심시간. 모닝커피를 산 매점 건너편 기자 식당으로 내려간다, 집에서 싸 온 현미밥을 들고서. 점심은 혼자 먹는 편이다. 동류들과 함께 하는 날도 더러 있었지만 말 그대로 이따금 씩이다. 혼자 먹는 게 더 편하기 때문이다. 적어도 밥풀이 튈 염려는 없으니까. 고리타분한 정치 논쟁을 잠시 피할 수 있으니까. 이런 나는 '아싸(아웃사이더)'거나, '40 증후군'이거나 둘 중 하나겠지.

한번은 구내식당 점심 메뉴로 자장면이 나왔다. 나 같은 당뇨인에게는 쥐약과도 같은. 구수한 춘장 냄새가 코를 자극했다. 국 그릇에 현미밥을 덜고, 면 대신 장만 떠

밥 위에 부었다. 반찬은 단무지와 배추김치와 어묵 국. 밥 냄새와 반찬 냄새가 한데 섞인 식당 안 공기는 무거운 솥밥 같았다.

옆 테이블 기자들은 대부분 MZ 세대였다. 그에 비하면 나는 박근혜와 문재인 청와대를 거쳐 용산까지 10년 넘게 출입한 '고인물'에 가까웠다. 기자들은 밥을 먹으면서도 시선은 24시간 뉴스채널에 꽂혀 있었다. 그건 나이를 떠나, 고인물을 떠나, 직업병이려니.

구내식당에서 밥을 먹으면 짬이 꽤 많이 남았다. 그래서 나는 밥을 먹고 나와 전쟁기념관 둘레길을 산책하거나 커피숍에 들르곤 했다. 고소한 맛과 향이 빚어내는 풍미는 외롭고 우울한 나를 달래주는 즐거운 축제 같다. 찻잔 속 크리스마스처럼.

한참을 멍 때리며 앉아 있다 보면 찻잔에는 어느새 딱

딱한 얼음덩이만 수북이 쌓인다. 크리스마스는 결코 길지 않다. 밍밍한 물맛만 돌 즈음, 자리에서 일어난다. 커피숍 문을 열자 밖에서 안쪽으로 가을 햇볕이 후드득 쏟아져 들어온다. 반사된 햇살이 눈부셔 잠시 눈을 감았다 이내 다시 뜨고 걸어간다. 삶의 전쟁터, 유령처럼 서 있는 건물, 내 자리가 있던 기자실로.

48

7. 기차

　KTX역 대합실. 기차 출발시간과 도착시간을 알리는 전광판을 확인하는 건 이제 습관이 됐다. 나는 출근할 때는 천안아산역에서, 퇴근할 때는 서울역이나 용산역에서 기차를 탄다. 정기권을 끊어 다니다 보니 빈 좌석이 없는 날에는 중간 통로에 앉아 가거나 그 자리마저 없으면 서서 가곤 한다.

내가 탄 KTX는 광명역에서 한번 기착한다. 천안아산역에서 출발하든 서울역에서 출발하든 광명역까지는 20분이 걸린다. 광명역까지 가는 길에 독서는 나만의 루틴이다. 출근길의 경우는 대략 이렇다.

20분 동안 독서를 한 다음 광명역을 기점으로 그날 쓸 취재를 차근차근 정리한다. 기사의 방향을 정하고, 어떤 식으로 쓸지를 궁리한다. 오전 라디오 시사프로그램에서 다룬 정치권 이슈를 살피고, 쓸 만한 게 있는지 살피기도 한다. 국회의원들이 SNS에 올린 포스팅도 확인한다.

퇴근길도 엇비슷하다. 광명역까지 내려오는 동안 20분은 책을 읽는다. 그런 다음 핸드폰을 열어 그날 올라온 주요 정치 기사들을 훑어본다. 내가 취재해서 쓴 기사들과 다른 기자들이 쓴 기사도 비교하곤 한다. 주초에는 역 대합실에서 〈시사인〉이나 〈시사저널〉 같은 주간지를 사서 읽으며 오기도 한다.

이런 일련의 행위가 내가 기차를 타고 가는 40여분 동안 습관적으로 반복하는 일이다. 그러고 보니 기차 안에서도 가만히 있지 못한다는 사실에 새삼 뜨악하다.

그저 조금이라도 눈을 붙이거나 창 밖 풍경을 보며 휴식을 취할 수 있건만. 나는 무얼 바라 아등바등하며 침전(沈澱)하는 것일까.

더러 천안아산역에서 내리고 싶지 않은 날이 있다. 쉬지 않고 내처 달려 여수에도 가고 싶고, 목포에도 가고 싶고, 부산에도 가고 싶은 욕구가 불쑥불쑥 올라올 때가 있다. 가고 싶다고 다 갈 수 있다면 얼마나 좋겠냐만, 꾹꾹 눌러 참으며 기차에서 내린다.

기차역은 여러 사연들이 오가는 무대이기도 하다. 군대 간 장병은 여자친구나 부모님과 손 흔들며 헤어지고, 몸이 불편한 장애인이나 노약자가 역무원의 도움을 받아 휠

체어에 의지해 이동하며, 여행용 캐리어를 끈 외국인들이 알 수 없는 외국어를 하며 택시 승강장을 두리번거린다. 나는 그 사이를 비집고 헤집으며 입구와 출구를 찾아 겨우 들어가거나 빠져나온다. 만남과 이별이 공존하는 곳, 그래서 기쁨과 슬픔이 날마다 교차하는 곳에서.

내가 탄 기차는 오전 7시에 떠나고, 오후 7시에 돌아온다. 떠난 뒤 돌아올 곳이 있다는 것에 감사하며. 기차는 오늘도 나를 싣고 달린다. 쉬지 않고 힘차게도 달린다.

8. 퇴근

　가을날의 저녁은 일찍 찾아온다. 주섬주섬 가방을 챙겨 대통령실 건물을 빠져나온다. 출근길 동선과 역순으로 퇴근길에 오른다. 전쟁기념관 앞에서 버스를 타고, 서울스퀘어에서 하차해 횡단보도를 건너고, 서울역에서 KTX를 타고 내려 집까지 걸어왔다. 오는 길에도 낙엽은 스산한 바람에 휑하니 날리고, 내 마음은 휑뎅그렁했다.

퇴근해 집에 왔을 때, 아내와 아이들은 부재했다. 불은 꺼져 있었다. 아내는 회식이 있어 늦는다 했고, 두 아이는 학원에서 돌아오지 않은 모양이었다. 현관문을 열었을 때, 집이 비었다는 신호는 썰렁한 공기를 통해 먼저 알 수 있다. 신발을 벗고 들어와 방에 들어가 바지를 벗고, 셔츠를 벗고, 양말을 벗었다. 오래 입어 늘어진 추리닝 바지를 입고, 반 팔 셔츠를 입고, 실내화를 신었다. 옷을 갈아 입으며 방 안 공기를 살폈다. 공허했다. 거실이나 부엌이나 방이나 공기의 두께와 결은 다르지 않았다. 저녁 일곱 시. 아내에게서 온 카톡에는 냉장고에 밥과 반찬을 넣어 두었으니 알아서 꺼내 먹으라는 '끼니 안내' 문자였다.

 냉장고 문을 여니 눈앞에 맨 먼저 들어온 건 일용할 양식이 들어있는 밀폐용기들. 밥을 필두로 멸치볶음이며, 시금치 무침이며, 메추리알 조림이며, 깍두기와 배추김치가 위아래 칸에 나뉘어 잘 정돈돼 있었다. 저 밥은 이른 아침 아내가 정성껏 씻은 현미를 압력밥솥에 안치고, 칙

칙거리며 돌아가는 추의 요란함과 뜸 들이고 김 빠지는 소리를 거친 다음, 희부연 김을 주걱으로 헤집으며 퍼 담았으리라. 밑반찬 역시 마트에서 사왔거나, 시골집에서 가져온 재료를 씻고, 데치고, 볶고, 졸이고, 절여서 만든 것이리라. 어느 것 하나 온전한 완제품은 없었다. 간장이든 고추장이든 참기름이든 아내의 손이 한번은 거쳤을 법한 찬이었다.

찬밥을 꺼내 전자레인지에 넣고 돌렸다. 밥은 금세 따듯함을 너머 김이 모락모락 날 정도로 데워졌다. 아침에 끓여 놓은 미역국에 불을 달이고, 반찬을 곁들인 상을 차렸다. 혼자 먹기에는 많다 싶을 정도로 식탁 위가 풍성해졌다.

식탁은 진수성찬이나, 사람의 온기가 빠진 '나 홀로 식탁'은 황량한 벌판 같았다. 씹던 밥과 반찬이 한데 모이지 않고 모래알처럼 따로 놀았다. 현미밥이라 씹어 넘기기가 어려운 거라고 애써 위무하기를 몇 번. 마흔의 저녁, 혼밥은 그저 흔한 풍경. 풍경은 늘 같은 배경이었고, 마치 택배로 온 슬픔 같았다.

2부
내쉬는 숨

1. 긴 숨

하늘이 열렸다. 3km를 지날 무렵 억수가 쏟아졌다. 그리고 악마의 속삭임이 들렸다. "멈춰."

전신에 퍼진 네트워크, 뉴런과 시냅스, 온몸의 신경섬유들이 번쩍거리며 가혹함을 견디고 있던 나의 육체에 멈추라는 신호를 보내고 있었다. 그러나 나의 정신은 육체의 간곡한 탄원을 기각했다.

"아니, 우리는 계속 간다."

육체적 고통과 심리적 두려움 너머 펼쳐질 길을 응시하고 싶었다. 80세에 100km 울트라 마라톤을 목표했다는 베른트 하인리히, 매일 30km를 뛰었다는 천재 생물학자, 그가 2020년 5월 6.5km를 달리며 꽃 같은 시절을 돌아보았듯, 달리고 또 달리며 내게 주어진 길의 지나옴과 나아감을 응시하고 싶었다.

나는 2020년 5월 10일에 6.5킬로미터 달리기 하는 동안 꽃같이 아름다웠던 시절이 전부 어디로 간 건지 궁금해 곰곰이 생각해 보았다. 그동안 나는 마법 같은 순간들을 달려왔다. 이제는 가까이 갈 수 없기에 더없이 훌륭해 보이는 시간들이다. 과거는 지나갔다. 그러나 언제나 매일의 새로운 기회가 과거 위에 세워진다.
–베른트 하인리히, 조은영 옮김 『뛰는 사람』(월북, 2022) 중

나는 달렸다. 삼십 분 넘게 운동장 트랙을. 땀은 비 오듯했고, 흠뻑 젖은 옷은 뜨겁게 달궈진 전신과 하나가 되었다. 10km 마라톤이 코 앞이었다. 연습과 훈련은 부족했다. 비는 사납게 온몸을 후려치고 있었다.

"멈춰야 해." 악마의 속삭임이 또다시 나를 유혹했다. 육체는 찌릿했고 조바심이 안달을 떨었다. 그러나 나의 정신은 그럴수록 차분히 그리고 고요히 정면을 응시했다. 나는 냉정하게 초중반에 속도를 올리면 안 된다는 조언을 떠올렸다. 아랫배와 괄약근, 다리에 힘을 꼭 주고 페이스를 유지했다. 그래야 무릎과 허리에 무리가 덜 간다는 사실을 알았기 때문이다.

5km 구간을 돌 때 빗줄기는 가늘어졌고, 비는 소강상태에 접어들었다. 오버페이스 하지 않았다. 비는 6km 구간까지 가늘게 내리며 자비를 베풀었다. 그리고 마지막 500m를 남겨두고 하늘을 활짝 열어주며 또 다시 비를 퍼부었다. 피날레로 안성맞춤이었다.

그렇게 6.5km를 완주했다.

40은 긴 호흡을 알만한 나이다. 40은 지나옴과 나아감을 동시에 응시할 줄 아는 눈이다. 40이면 알게 될지 모른다. 서두른다 해서 결승선에 도착하는 게 아니란 걸. 금방 힘에 부치고, 숨이 찰 따름이란 걸. 쨍하고 해 뜰 날만 있는 건 아니라는 걸. 잔뜩 흐리고, 천둥 번개가 치는 날도 있다는 걸. 비도 하늘에 구멍이 뚫린 듯 세차게 쏟아질 때가 있지만, 가랑비처럼 숨죽여 내릴 때도 있다는 걸. 그쳤다 다시 내리기도 하고, 내리다 그치기도 한다는 걸. 언제 어떻게 변할지 모르는 변덕쟁이 날씨처럼, 생이란 끝없이 출렁이는 파도라는 걸.

40의 길을 가다 보면, 아니 40의 길이 아닌 그 어떤 길에서도, 우리에겐 문득 멈추고 싶은 순간이 찾아올 수 있다. 그럴 때면 나는 폭우 속에서 꼴찌임에도 끝까지 뛰었던 캄보디아 육상선수 '보우 삼낭'을 떠올려 보자고 말하고 싶다.

그녀는 혼자였고 꼴찌였지만, 그럼에도 끝까지 달렸고, 마침내 완주했다. 그녀는 이렇게 말했다. "느리든 빠르든 결국엔 도달한다."

체코 출신 마라토너 '에밀 자토펙' 또한 내게 소중한 말을 선물해 주었다. 그는 이렇게 말했다. "눈비 오는 날이나 심한 피로가 느껴지는 날에도 나는 달린다. 자신의 의지가 문제되지 않을 때 기적은 일어난다."

나는 어릴 때부터 달리기에 '젬병'이었다. 초등학교 운동회에서 3등까지 손목에 도장을 찍어줬지만, 내 손목은 언제나 깔끔했다. 어머니 말마따나 아버지 DNA를 물려받은 이상 달리기로 1등을 하는 건 다시 태어나기 전에는 불가능하다는 확고함이 있었다.

"몸이 아파서 시작한 달리기인데, 덕분에 건강도 찾고 좋은 성적도 거뒀다"라는 마라톤 대회 입상자들 수상 소감도 나와는 거리가 먼 얘기로 들렸다.

하지만 그동안 두 번의 마라톤 대회에서 10km를 완주하고, '나도 할 수 있구나!'하는 자신감이 생겼다. 더불어 건강 관리에 큰 도움이 되었다. 무엇보다 지병인 당뇨 관리에 긍정적 효과를 가져왔다. 우울증과 무기력도 놀라울 만큼 개선됐다.

궁금하다. 1년 뒤의 나는 하프 코스를 뛰고 있을까. 내 두 다리와 무릎이 잘 버텨준다면, 뛰고 있을 것이다.

나는 멈출 때 멈추더라도, 원한다면 길게 뛸 수 있고, 필요할 때 긴 숨을 쉴 줄 아는, 그런 40이고 싶다.

2. 새벽 어스름

 새벽 어스름, 이불을 걷고 일어난다. 비몽사몽 눈빛으로 거실로 나와 요가 매트 위에 앉는다. 눈꺼풀은 여전히 무겁고, 엉덩이는 행복한 하마처럼 육중하다.

 명상을 시작한 지 일주일. 폰 속 작은 창, '너의 진공관 텔레비전 Your Vacuum Tube - 유튜브 Youtube' 세계 속에서 움직이고 있는 균형 잡힌 몸매의 누군가가 보인다. 나는 영상 속 강사의 음성을 들으며 동작을 따라한다. 그리고 명상이라는 숨결로 들어간다.

긴장했던 마음의 색들이 투명한 물속에 서서히 풀어진다. 뿔뿔이 흩어져 뒤엉킨 의식들과 혼돈스러운 무의식의 파편들이 투명한 물속으로 풍덩풍덩 떨어져 침잠한다. 차츰 정신의 물은 맑고 선명해진다. 일렁이던 정신의 물결들은 잔잔해지고, 나의 세계는 점점 명료한 색을 띠며 뚜렷해진다. 생각의 옷들이 잘 정돈되고 차곡차곡 개켜 오늘의 계획이라는 옷장 속으로 쏙 들어간다.

명상 시간은 출근 전 새벽이 적절하다고 판단했다. 새벽 4시 알람이 울리면 일어났다. 첫 사나흘은 힘겨웠다. 짧은 영상에도 몸과 정신을 집중할 수 없었다. 낭랑한 목소리가 친절히 설명해 주어도 몸이 영 따라가질 못했다. 잠이 덜 깬 상태에서 익숙지 않은 자세를 취하는 모습은 마치 곰이 어설픈 재주를 부리는 듯했다.

그래도 했다, 되든 안 되든. 잠을 줄이고 수고롭게 일어났기에, 시간에게 가치의 날개를 달아주고 싶었다. '모든 일은 마음의 일'라는 클리셰가 새삼 와닿았다. 문득 '마음'에 대한 비슷한 선율을 들려주었던 다양한 종교, 철학, 사상의 가르침이 머리속을 스치기도 했다.

그중 하나는 불교의 가르침이었다. 화엄경 법구(法句)의 '일체유심조(一切唯心造)'. 모든 현상이 마음에서 창조된 것이라는 뜻이다.

인간사에서 기쁨과 슬픔, 근심과 걱정 등 고락(苦樂)을 포함한 이 세상의 모든 현상은 실재하는 것이 아니고, 모두 다 당사자의 마음 곧 망상이 만들어낸 피조물에 지나지 않는다는 것이다. 물론 번뇌 망상도 모두 마음의 피조물일 뿐이다. 삼계(三界, 욕계.색계.무색계)도 모두 마음의 피조물일 뿐 실존하는 것이 아니다. 실재하는 것으로 보는 것은 중생의 눈이고, 실재하지 않는 것으로 보는 것은 붓다의 눈이다.
-불교신문 2652호. 2010년 9월 1일자-

사실 나는 가끔 궁금했다. '모든 일은 마음의 일' '모든 병은 마음의 병'이라는 생각은, 왜 불교뿐 아니라 기독교, 이슬람교, 힌두교, 심지어 다양한 철학과 사상에서 유사한 선율로 변주되고 있는 것일까?

나는 언젠가 그 이유를, 데카르트, 칸트, 헤겔의 복잡한 철학에서 찾지 않고, 단순하게, '한 인간에겐 자기 자신의 마음이 온 우주의 중심이며 시작이고 끝이기 때문'이라고 스스로 답해보기도 했다.

명상의 시간을 통해 나는 하루의 현실을 차분히 정돈했고, 종종 현실 너머 더 넓은 세계를 응시할 수 있는 마음의 공간을 만들어보기도 했다.

나는 명상이 정신적 영역뿐 아니라, 우리의 현실적 삶에도 도움을 줄 수 있다고 생각한다. 다양한 전문가들은 명상이란 일종의 정신의 근육을 키우는 훈련이며, 스트레스를 줄여주며 집중력을 높이는데 도움을 준다는데 의견을 일치한다. 뻔한 이야기들 같지만, 실제로 수업 시작 전 명상을 하는 학교들도 있기에 명상의 힘은 현실세계에서 실제로 힘을 발휘하고 있다. 학교 폭력이 심각한 사회 문제로 대두되고 있는 현실에서 명상이 공부 효율을 높이는 것뿐만 아니라, 감정을 조절하는데 도움을 줄 수 있다는 믿음도 있다.

오프라 윈프리와 유발 하라리, 빌 게이츠도 명상을 즐긴다고 한다. 전문가들은 명상을 하면 창의성의 순간이 자주 찾아온다고 입을 모은다. 이른바 '아하 모멘트'라고 하는데, 명상을 습관화한 사람은 무슨 일에 몰입하거나 집중하거나 이완하는 순간 기적 같은 아이디어가 '아하!' 하고 떠오른다는 것이다. 이처럼 명상을 통한 몰입과 집중, 몰입과 이완 모두 창의성을 기르는 힘이 된다.

싱잉볼이나 핸드팬, 칼림바 등 소리를 이용하거나, 그

림을 그리거나, 춤을 추는 등 다양한 명상법이 있다는 사실도 새롭게 알게 됐다.

방송에 출연한 뇌 전문가 황농문 전 서울대 교수는 "명상을 하면 잡념을 줄이고 기적과 같은 아이디어가 나온다"고 했고, 정재승 카이스트 교수는 "명상은 삶을 음미하는 시간"이라고 정의했다.

그렇게 새벽 어스름, 나를 찾아오곤 하는 명상은 내게 반짝이는 보석들을 선물해 주는 작은 기적이 되어주고 있다.

물론 문제는 언제나 호환 마마보다 더 무섭고 힘든 새벽 기상이겠지만 말이다. 오늘 새벽에도 나는 졸린 눈을 끔벅거리며 이불속에서 수많은 번뇌에 휩싸일지도 모르겠다.

'아, 오 분, 아니 십 분만 있다가' 하는 사랑스러운 마음으로 말이다.

3. 글 고민

'글'을 '고민'한다.

기자에게도 작가에게도 '글'은 어떠한 고통을 느끼게 한다.

기사를 오랜 세월 써 온 기자에게도, 아무리 소재가 정해진 기사라도, 하얀 백지를 보여주고 있는 모니터에 첫 문장을 쓰기 전 느끼는 막막함은 대답 없는 시멘트 벽처럼 차갑고 갑갑한 그 무엇과 비슷하다. 머리속에선 정해진 소재에 대한 무수한 단어들의 조합과 글 구조의 가능성이 펼쳐지고, 글 쓰려는 이의 정신은 혼미해지기도 한다.

그래서일까? 막막함에 숨이 막힐 것 같을 때 나는 에라이 외치며, 맨 몸으로 절벽을 뛰어내리 듯, 첫 줄을 일단 쓴다. 고민을 거듭해도 막막한 벽이 꿈쩍 않고 버티고 있다면, 쓸 수 없겠다는 공포에 먹히기 전, 일단 글을 써냄으로 '글 고민'이란 무서운 존재를 떨쳐버리려는 것이다.

기자가 아닌 작가로서는 더 하다. 창작 그 자체가 고통이지만, 망망대해에 떠 있는 쪽배처럼, 무한한 허공을 방황하며 푸드덕거리는 새처럼, 때론 고민과 고민 사이를 무한 반복하는, 빠져나올 수 없는 뫼비우스와 같은 공허한 시간들이 버겁다고 느껴질 때가 있다. 아니, 솔직히 말하면 그렇게 막막한 순간들은 꽤 자주 찾아온다.

물론, 글은 '고민'을 통해 잉태되어 '좋은 글'로 출산된다. 고민이 뚫고 들어간 단단한 고뇌의 깊이와 고민이 선택한 완전한 단어와 문장배열에 따라 글의 질감은 달라질 것이다. 그러나 언제까지 고민만 할 수는 없다. 글 쓰는 이라면 용감하게 글을 써나가야 한다.

'글 고민'은 단지 안전하고 수준 높은 글에 국한하지 않는다.

내가 하곤 하는 글에 대한 '고민' 중에는 글 외적 요소도 존재한다. 이른바 글을 읽을 독자를 향한 고민이다. 나의 고민과 공이 들어간 소중한 글이, 독자들에게 공감이나 감동을 불러일으키진 못할 것이라는 부정적인 관념들이 나를 두렵게 만든다. 힘이 빠지게 만들고, 멈칫하게 만든다. 자신의 내면의 본질을 붙들고 외적 평가에 흔들려

선 안되지만, 글 쓰는 이들 대부분은 자연스럽게 독자들이 환호를 보내줄 때 놀라운 힘과 용기를 받는다. 반면, 독자들의 싸늘한 침묵을 마주하게 될 때 침울과 숨 막힘을 느끼곤 하는 것이다. 그렇게 내가 하는 '글 고민' 중에는 '독자의 반응', '독자를 생각하며 쓰는 글'에 대한 고민이 한 귀퉁이를 차지하고 있다.

내가 언급한 것 외에도 기자들과 작가들에겐 비슷한 또는 전혀 다른 결의 '글 고민'들이 무수히 존재하고 있을 것이다.

그렇게, 나 그리고 우리, 글 쓰는 이들은 '글 고민'하며 살아간다.

그리고 오늘날, 우리는 글과 독자들 뿐만 아니라 기계로 이루어진 존재에도 고민하고 있다.

언제부터였던가. 저 멀리서부터 AI(인공지능)라는 거대한 신인 작가가 다가오는 쿵쿵거리는 발소리가 들리기 시작했던 것이.

오늘날 ChatGPT라는 녀석의 일부뿐 아니라, 이미 녀석은 우리가 다 지칭할 수 없는 다양한 이름과 형태로 진화하며 빠르게 '글'이라는 인간의 정신영역으로 침투해오고 있다.

소설가 김영하는 AI를 두고 "감수성은 오직 인간만이 가진 고유한 기능이다", "인공지능 소설가는 인간이 느끼는 감정을 흉내 내는 것에 불과하다"는 말로 쓰는 사람들을 안심시켰다. 그러나 언젠가 김영하의 위로도 힘을 잃게 될 날이 올지 모른다. 나는 그러한 가능성을 완전히 부정하기 힘들다고 느낀다.

그러한 시대 속에서

나는 '글'을 '고민'한다.

그리고 용기 내어 글을 쓴다. 만일 내가 완전한 글을 쓰려 했다면, 아마 한 줄의 글도 쓰지 못했을 것이다. 완벽에는 끝이 없기 때문이다.

나는 이를 악 물고 "기자나 작가나 글로 먹고사는 사람이 머뭇거리며 글을 제대로 써내지 못한다면 어떻게 먹고살겠는가", "시간만 축내다 쌀독이 텅텅 비면 무얼 먹고 살 것인가" 하는 생각들을 되뇌며, 현재의 내가 할 수 있는 최선을 써내려 한다.

기자와 작가에겐 '글쓰기'는 노동이기에, 글을 쓰는 '노동'의 시간만큼 벌지 못하면 쓸 수 있는 기회조차 잃을 수 있다. 때문에 반드시 쓴 것에 대한 대가를 받아야 하고, 받은 대가의 가치 이상으로 글을 써내야 한다. 그렇기에 우리는 고민하며, 절벽으로 떨어지듯 용감히 키보드를 누르고, 활자의 조합을 모니터 위에 배열하며, 글들과 신나게 춤을 추며, 때론 우리가 그토록 원했던 마음이 뻥 뚫리며 드넓은 파란 하늘 위로 날아오르는 듯 멋진 글을 써내기도 한다.

그럴 때면 앞에서 언급했던 우중충한 안개들이 사라지고, 구름 사이로 다정한 햇살이 비추며

'글'을 '꽃' 피운다.

나의 반듯하고 정돈된 편집자는 내게 톨스토이와 도스토옙스키 같은 대문호에 버금가는 문장을 쓰기 원한다. 당연한 처사다. 그런 문장을 써야 독자들이 읽고, 증쇄를 찍고, 베스트셀러가 될 테니까. 그래야 출판사도 먹고 살 테니까. 뭐, 물론 나도 유명 작가가 되겠지만. 근데, 그게 어디 말처럼 쉬운가.

4. 백일장과 선녀들

 능수버들 흐드러진 천안삼거리 공원. 초록의 버드나무가 긴 머리채처럼 축 늘어진 계절이었다. 난 그때 고등학생이었고, 백일장 대회에 학교 대표로 참가했다. 내가 다니던 학교에는 문예반이 따로 없었다. 공모전에 낸 원고가 운 좋게 입상하면서 지도교사 눈에 띄었다.

 그때부터 난 백일장이 열릴 때마다 글깨나 쓴다는 선배

들과 대회에 나가곤 했다. 대회에 나가면 하루 수업을 온전히 거를 수 있었다. 특히 내가 가장 싫어했던 수학 시간, 독사로 불리던 수학 선생을 피할 수 있었기에 대단한 특혜라도 얻은 듯 들떴다. 또 하나의 특혜라고 한다면 교복 대신 사복을 입을 기회도 주어졌다. 백일장에 참가하는 학생은 1학년부터 3학년까지 모두 5명이었는데, 학교 상징이 독수리여서 우리는 '독수리 오형제'로 불렸다.

화장실에서 청바지와 티셔츠로 옷을 갈아입은 독수리 오형제는 지도교사를 따라 버스를 타거나 택시를 이용해 대회 장소로 이동했다. 대회장에 도착하면 선배들은 다른 학교에서 온 학생들과 아는 체를 하며 안부를 묻곤 했다. 1학년 막내였던 나는 한쪽 귀퉁이에 뻘쭘하게 자리를 잡고 준비물을 꺼냈다. 그러다 본격적으로 대회가 시작하면 백일장 시제에 초집중했던 날들이 있었다.

백일장은 오전 10시쯤 시작해 점심시간 전까지 쓰는 시간을 갖는다. 정오쯤 마감을 하고 나면 점심을 먹고 심사와 발표까지 몇 시간의 여유가 생겼다. 학생들에게는 꿀맛 같은 시간이다. 교실에 갇힌 친구들은 독사 눈치를 살피고 머리를 쥐어뜯으며 '수학의 정석'과 씨름할 때 나는 자유시간을 만끽했기 때문이다. 나는 선배들과 근처 빵집에서 단팥빵이나 소보루를 사 먹거나, 롤러스케이트장에서 신나는 음악에 맞춰 달리기도 했다.

그날따라 심사가 오래 걸렸다. 삼거리공원 근처의 여고가 하교를 시작했다. 하얀 교복 상의에 무릎을 덮는 군청색 스커트를 입은 학생들이 짝을 이뤄 교문을 빠져나왔다. 독수리 오형제 시선이 일제히 한 곳에 꽂혔다. 잘록한 허리에 단발머리를 하고, 하얀색 양말에 까만색 단화를 신고서 나풀나풀 걸어오던 다섯 명의 선녀들이여!

선배들이 막내인 내 옆구리를 쿡쿡 찔렀다. 나는 그게 무슨 신호인 줄 몰라 멍하니 앉아 멀리서 걸어오는 여학생들을 물끄러미 쳐다봤다. 그러다 뒤통수를 세게 얻어맞고 발길질을 당하고서야 무슨 뜻인지 알아차렸다.

"야! 5대5 딱 맞잖냐. 얼른 가서 꼬셔 봐!"

나는 그렇게 떠밀리듯 나갔다. 머릿속은 하얬고, 여드름 핀 얼굴은 발갛게 달아올랐다. 심장은 금세 터질 듯 쿵쾅댔고, 힘이 쏙 빠진 다리는 후들거렸다. 입은 떨어지지 못했고, 여학생들은 내 옆을 찬바람처럼 쌩, 지나쳤다. 그 꼴을 보던 선배들은 오만가지 인상을 쓰며, 허공에 주먹을 내질렀다. 그때 난 무슨 용기가 났던 걸까. 본능적으로 몸을 돌려 멀어져 가던 그녀들을 향해 뛰어가 앞을 가로막았다.

"롯데리아 데리세트 먹으러 갈래요? 저희도 다섯 명인디?"

화끈 달아오른 얼굴을 애써 꾹 참고 뱉은 말에 그들은 잠시 멈칫거렸다. 무리 중 한 명이 내게 어느 학교에 다니냐고 물었고, 나는 당당하게 학교명을 댔다. 백일장 대회 왔다가 선녀들이 지나가길래 나도 모르게 발길이 향했다며 능청과 너스레를 떨었다.

그 말에 그녀들은 칵칵거리고, 낄낄거리며 웃었다. 반은 넘어왔다 싶었다. 선배들 얼굴에 화색이 감돌았다. 불끈 쥔 주먹을 바로 펴고 휘파람을 불며 나를 향해 손을 흔들었다. 요동치던 가슴이 설렘으로 부풀었다. 그때였다. 행사장에서 마이크 테스트 소리가 들렸고, 이내 심사 결과가 발표됐다.

"최우수상, 천안 중앙고 1학년 류재민."

왜 하필 이 타임에! 결정적 순간에 불린 내 이름에 나도, 그녀들도 놀란 토끼 눈을 했다. 지도교사가 나를 찾느라 두리번거리는 모습이 보였다. 선배들이 빨리 오라고 손짓을 해댔다. 나는 고개를 떨군 채 돌아서서 행사장 쪽으로 뛰었다. 삐삐 번호도 받지 못한 채.

나중에 선배들한테 들은 얘기로는, 그녀들은 시상식장 근처까지 와서 박수를 보내주고 갔다고 했다. 그날부터 난 천안 바닥에 '문학 소년'으로 소문이 났다는 얘기는 믿거나 말거나. 나는 그 이후로도 사복을 입고 독사 시간을 피해 각종 백일장 대회에 나갔다. 대회 장소가 삼거리공원일 땐 그녀들을 다시 볼 수 있을까 마음이 부풀었다. 상을 받으면 그녀들이 내 이름을 듣고 와 독수리 오형제와 미팅이 성사되지 않을까, 기를 쓰고 썼다.

나의 문학적 감성과 글쓰기는 그때부터 시작했는지 모르겠다. 그래서 대학에서 국문학을 전공하고, 글 쓰는 기자를 업으로 삼고, 에세이와 소설을 쓰며 사는 건지 모르겠다. 쓰는 삶에 위로와 에너지를 받는 건지 모르겠다. 독수리 형제들은 지금 어떻게 살고 있을까? 어느새 그들도 오십을 바라보는 40의 끝자락에 서 있겠구나.

며칠 전 행사 취재가 있어 점심을 먹고 삼거리공원에 들른 적이 있다. 오랜만에 제멋에 겨워서 휘늘어진 버드나무를 봤다. 그 시절 추억이 민요 가락처럼 흘러갔다. 버드나무 사이로 불어오는 바람결에 오색 선녀 웃음소리가 들리는 듯 가물거렸다.

5. 오리처럼 뒤뚱뒤뚱

초등학교 6학년 음악 시간. 스무 명 남짓한 아이들은 선생님의 풍금 반주에 맞춰 동요를 불렀다. 곡명은 〈겨울나무〉. 모두가 합창한 다음 한 명씩 앞으로 나가 독창했다.

드디어 내 차례. 후들거리는 다리를 애써 부여잡고 흠, 흠 목을 풀었다. 이윽고 선생님의 풍금 반주가 시작됐다. 얼마나 긴장했는지 첫 음정과 박자를 놓치고 말았다. 아이들은 웃었지만, 선생님은 괜찮다면서 한 번 더 기회를 줬다. 목을 가다듬고 다시 노래를 불렀다. 하지만 이번에도 마찬가지였다.

"나~무~야, 나~무~야~" 이렇게 불러야 하는데, 나는 시를 읊듯 "나무야, 나무야" 불렀기 때문이다. 이번에도 아이들은 까르르 웃었고, 선생님도 멋쩍게 따라 웃었다.

웃음들 사이로 내가 속으로 좋아하던 여자애가 보였다. 그 여자애는 손으로 입을 가린 채 애써 웃음을 참는 듯했다. 순간 볼이 화끈 달아올랐다. 자존심이 상했는지, 여자애에게 만회를 하고 싶었는지, 나는 선생님께 마지막 기회를 달라고 졸랐다. 마지막 기회도 별무소용. 앞서 두 번처럼 '나무야, 나무야'만 연신 부르다 말았다. 선생님은 자리로 돌아가라고 했고, 난 고개를 떨군 채 여자애가 앉은 책상을 지나 자리로 돌아와 털썩 주저앉았다.

처음으로 내가 음치에 박치란 사실을 발견한 날이었다. 중고등학교 시절 음악 실기시험은 항상 낙제 수준이었고, 미술 다음으로 끔찍했던 시간이 음악 시간이었다. 커서도 회사 회식이나 술자리 이후 노래방을 간다고 하면, 안면마비가 온 사람처럼 표정이 굳어졌다.

노래방에 가서도 일행 중 가수 뺨칠 정도로 잘 부르는 사람이 있으면 내 심장은 바람 빠진 풍선처럼 쪼그라들었다. 사회자와 눈이라도 마주칠까 심장이 콩닥거렸고, 숨을만 한 쥐구멍이 어디 없나 두리번거렸다. 전화를 받는 척 나와 화장실로 도망친 적도 있다. 어쩌다 붙들려 한 곡을 불러야 할 상황이 닥치면 일행들의 '웃참 어린 시선'을 겨우겨우 견디며 1절이 끝나기 무섭게 '종료' 버튼을 누르고 내빼듯이 자리로 돌아가곤 했다.

그러다 한 번은 정신 줄을 놓을 정도로 취해 마이크를 잡은 적이 있다. 지금은 나의 18번이 된 남진의 〈둥지〉.

"사실일까 아닐까, 현실일까 아닐까 헷갈리고 서 있지만, 우~"

노래보다는 율동에 초점을 맞췄다. 노래를 못해도 분위기만 잘 띄우면 박수와 호응을 받을 수 있다는 사실을 깨달은 날이었다. 그 이후로 나는 노래 부르기가 즐거워졌다. 듣는 사람은 고역이겠지만.

대학 선후배들과 1박 2일 일정으로 여행을 다녀온 적이 있다. 40대 중년들은 펜션 숙소에 비치된 노래방 기기를 틀어놓고 기분 좋게 몸을 풀었다. 리듬을 타고 모든 관절이 열렸다. 술에 촉촉하게 젖은 우리는 옷이 축축하게 젖을 때까지 이리 비틀, 저리 비틀 몸을 꼬고 흔들었다. 마치 무중력 상태인 우주 공간 속에서 둥둥 떠다니는 기분이랄까.

곰처럼 데구르르, 지렁이처럼 꿈틀꿈틀, 굼벵이처럼 움

찔움찔, 오리처럼 뒤뚱뒤뚱. 저마다 추구하는 춤의 정체성을 유감없이 발휘하며 무아지경에 빠졌다. 나는 그사이에서 골반춤을 열심히 추었다. 통아저씨 춤인지, 관광버스 춤인지, 토끼춤인지 모를 '막춤의 향연'이여.

아재들의 '댄스 삼매경'은 새벽 무렵 대단원의 막을 내렸다. 왕년의 몸놀림을 소환하려는 40대 중년들의 열정과 노력은 눈물겹게 가상했다. 다음 날 아침, 술이 깨 본 영상은 처절한 몸부림 그 자체였지만.

BTS가 2021년 발매한 '퍼미션 투 댄스(Permission to Dance)'는 뮤직비디오로 큰 인기를 끌었다. 코로나19 팬데믹 속 희망적인 메시지를 전하는 가사뿐만 아니라, 누구나 따라 할 수 있는 국제 수화 안무를 활용했기 때문이다.

나는 이 뮤직비디오를 보면서 미국 음악가이자 패션

디자이너인 퍼렐 랜실로 윌리엄스(Pharrell Lanscilo Williams)의 'Happy'라는 곡이 떠올랐다. 두 곡 모두 뮤직비디오 속 일반 출연자들이 저마다 흥에 겨워 막춤을 추는 모습에서 '행복'이란 단어를 떠오르게 만들었다.

"우리가 또 언제 만나서 이렇게 놀아보겠냐."

신나게 놀았던 하룻밤 춤의 무대는 숙취를 동반한 근육 경련과 요통을 불러왔다. 그래도 행복했다. 그날 밤 우리가 만끽한 건 춤만은 아니었기에. '함께 기뻐하고, 모두 다 같이 웃고, 서로를 걱정했던 우리들만의 추억들'이었기에.

6. 여행

 기자 출신 이기주 작가는 〈언어의 온도〉에서 "여행은 인간의 본능"이라고 썼다. "삶의 터전을 잠시 떠나는 건 여러모로 의미가 있다"라고도 했다. 맞다. 세상에 여행을 싫어하는 인간이 얼마나 될까. 돈과 시간이 없을 뿐. 돈이 있어야 여행을 갈 수 있고, 그 돈을 벌려면 일을 해야 한다. 그런데 다람쥐 쳇바퀴 돌듯 일만 하니 돈이 있어도 여행을 갈 엄두가 안 나는 것 아닐까.

나는 읽기와 쓰기, 달리기 다음으로 좋아하는 취미가 '여행'이다. 가족과 함께하는 여행도 좋아하지만, 혼자 떠나는 여행을 더 즐기는 편이다. 그것이야 말로 '여행의 맛'을 느낄 수 있다고 생각한다. 그렇다고 혼자 여행을 자주 하는 건 아니다. 굵직한 선거 취재를 마쳤을 때나, 중요한 이벤트를 끝냈을 때 아주 가끔 다녀온다. 나 홀로 여행을 두 눈 질끈 감고 용인해 주는 아내와 똥한 표정으로 배웅하는 아이들에게 이 책을 빌려 심심한 사과와 위로를 전한다.

몇 해 전 총선이 끝나고 머리도 식히고, 선거 이후 민심도 살필 겸 광주에 간 적이 있다. 광주는 여태껏 한 번도 가본 적이 없는 도시였다. 그곳에서 나는 광주의 택시 운전사와 친해졌다. 택시 기사는 처음 본 손님과 무등산 자락에서 점심을 같이 먹고, 담양도 데려가 명소를 소개해 줬다. 돈은 받지 않았다. 기분파 기사였다. 그렇게 낯설고 물 선 광주에서 기자와 기사는 종일 쏘다녔고, 저녁에는 기사식당에서 삼겹살에 소주도 한잔 기울였다.

  그야말로 길 위에서 만난 인연이었다. 여행은 때때로 이런 인연을 맺어주기도 한다. 그래서 시인들도 여행과 인생을 결부시켜 작품으로 승화시키곤 한다. 류시화 시인은 〈내가 좋아하는 사람〉에서 '내가 좋아하는 사람은 길의 집합이 길들이 아니라 여행이라는 걸 발견한 사람'이라고 했고, 이병률 시인은 〈여행〉이라는 시에서 '우리는 어찌어찌 무엇이라도 하겠다고 태어난 게 이니라 좋아하는 자리를 골라 그 자리에 잠시 다녀가는 것'이라고 읊었다. 여행을 '인생'의 한 과정에 비유한 것 같다. 천상병 시인이 생의 끝을 '아름다운 소풍 끝내는 날'이라고 노래한 것처럼.

  한번은 장편소설 〈청자가 사라졌다〉 탈고를 위해 전남 강진으로 홀로 여행을 다녀온 적이 있다. 돌아오는 길에, 퍼뜩 광주의 택시 운전사가 떠올랐다. 무작정 전화를 걸었는데, 반가운 목소리로 KTX 광주송정역에서 보자고 했다. 그는 나를 태우고 몇 년 전 함께 소주잔을 기울였던 기사식당으로 데려가 밥을 먹였다.

밥을 먹고 나와선 곧장 뻗은 길로 내쳐 달렸다. 택시 미터기는 잠시 끈 채. 그는 영광 백수 해안도로를 달리다 갓길에 차를 세웠다. 우리는 탁류가 흐르는 바다를 뒤로 하고 기념사진을 한 장 찍었다. 한 시간 여 드라이브를 마치고, 그는 기차역 앞 스타벅스 앞에 나를 내려주며 이렇게 당부했다.

"반가웠네. 담에 오면 또 연락하그마. 건강 잘 챙기고. 뭐니 뭐니 해도 건강이 최고일세. 내가 올해 환갑인디, 아직도 두 아들이랑 캐치볼 허네. 동상은 아그들도 어링게 더 정신 바짝 채리고 살게. 술도 좀 줄이고. 소설은 잘 될 거이네. 대충 얘기만 들어봐도 재밌구먼. 대박 날 거네."

그는 좋은 말만 잔뜩 풀어놨다. 여행지에서 만난 연은 또다시 연을 이어갔다. 돌아오는 기차 안에서 그에게 고마움을 적은 카톡을 보냈다. 광주의 택시 운전사 김희동. 그는 이제 '아는 형님'에서 '찐 형님'이 되었다.

#후기: 그의 택시에서 내릴 때, 나는 그와 약속을 하나 했다. 내용은 비밀이다. 난 그 약속을 꼭 지키고 싶다.

100

7. 습관

나는 구내식당에서 점심을 먹고 나서 습관적으로 산책하러 간다. 구내식당에서 밥을 먹으면 그만큼 시간적 여유가 생기기 때문이다. 청와대를 출입하던 시절에는 삼청동 총리 공관부터 북촌 한옥마을 일대를 돌았는데, 대통령실을 용산으로 옮긴 이후에는 전쟁기념관 둘레길을 걷곤 했다. 한 바퀴를 빙 돌면 대략 30~40분 정도 걸렸다.

동선은 늘 같다. 걷다 보면 모두가 그 자리에 있어 익숙하다. 거리도, 거리를 따라 심어진 가로수도, 가로수 뒤편으로 서 있는 고층 빌딩과 아파트도, 그 사이사이마다 들어선 크고 작은 상점들도.

새로움도 있다. 길 위를 지나는 사람들, 도로를 달리는 자동차, 하늘을 나는 새와 구름. 어제와는 다른 사람이고, 차량이며, 하늘과 구름과 새일 것이리라. 풍경은 같아도 구성체는 다를 수 있으니 새로울 수밖에. 어쩌면 그런 '새로움'을 보고 느끼고 싶어 본능적으로 산책을 하는지도 모르겠다.

그러고 보면 습관이라는 게 참 무섭다. 의식하지 않아도 본능적으로 몸이 움직이니 말이다. 산책이 주는 또 하나의 장점은 사색할 수 있다는 것이다. 전쟁기념관 앞에서 유유히 헤엄치는 잉어 떼를 보면, 울긋불긋 피어난 꽃나무를 보면, 시원하게 불어오는 바람을 맞으면, 오전에 기사를 쓰며 받은 스트레스가 단번에 풀리는 듯했다. 오후에는 어떤 기사를 어떻게 쓸 거며, 퇴근 후에는 누구와 어떻게 시간을 보낼지, 회사나 집에서 생긴 일은 어떻게 처리하는 게 현명하고 지혜로울지 등등. 산책 중간 커피숍에 들르는 것도 습관이 됐다.

술자리가 없는 날에는 주로 글을 쓰거나 운동을 한다. 주말이나 휴일에는 집 근처 운동장에 가서 달린다. 출퇴근 때 이용하는 KTX 열차 안에서는 책을 읽는다. 40분 걸리는 열차 안에서 많게는 스무 장, 적게는 열 장을 읽는다. 책은 아무리 읽어도 질리지 않는다. 멀미도 나지 않는다. 밥 먹듯 배부르다. 그래서 독서가 '마음의 양식'이라고 했던가.

그런 습관을 들이니 기자를 하면서 작가도 하고, 마라토너가 됐나 보다. 40대 중반, 어쩌면 당연하게 찾아왔을 우울함을 밀어내는 방법을 이런 습관에서 찾은 것일지도 모르겠다. 습관을 들이는 과정은 결단코 쉬운 일이 아니다. 적어도 의지박약인 나에게는 더더욱 그렇다. 퇴근 뒤 날마다 쓰던 글쓰기는 하루 이틀 건너뛰기 일쑤였고, 휴일과 주말마다 가던 운동장도 눈과 비가 온다고, 미세먼지가 심하다고 빼먹은 날이 부지기수였다. 새벽 명상은 오 분만, 십 분만하다가 열흘을 넘지 못했다.

글을 쓰면 '글 쓰는 사람'이 된다. 달리기 하면 '달리는 사람'이 된다. 우울한 감정을 떨쳐내기 위한 일을 하면 '우울에서 벗어나고 싶은 사람'이 된다. 그렇다면 행복을 느끼는 사람은 '행복한 사람'이 된다. (중략) 당신이 우울감을 벗어나고 싶은 사람이라면, 일상을 무너뜨리는 습관이 있지 않은지 반드시 점검해야 한다.
- 박한평 『나를 사랑할 결심』(상상출판, 2022) 중

어떨 때는 쓰고, 읽고, 걷고, 달리는 습관이 '수행'인 양 느껴질 때가 있다. 모순 같은 인생이다. 일상을 무너뜨리

는 습관은 인생에 아무런 도움이 되지 않는 사실을 알면서도, 난 오늘도 일탈을 꿈꾸고 있으니 말이다.

산책을 마치고 돌아오는 길, 날은 잔뜩 흐렸다. 하늘에 먹구름이 잔뜩 끼었다. 그리고 보니 저녁부터 돌풍과 함께 천둥 번개를 동반한 폭우가 내릴 거란 일기예보가 퍼뜩 떠올랐다.

어릴 적, 비가 오면 어머니는 우산을 들고 한달음에 학교로 달려와 내 손에 비닐우산을 쥐여주곤 했다. 당신의 신발과 양말은 흙탕물 범벅이어도 아무렇지 않다는 듯 나를 향해 미소를 흘리셨다. 그리고 이내 돌아서던 어머니의 뒷모습은 언제나 고단해 보였다.

후드득 빗방울이 쏟아졌다. 올 것이 오나 보다. 우산은 없고, 엄마가 보고 싶다.

8. 배움

방송인 홍진경 씨는 나보다 나이가 한 살 많다. 그녀는 몇 년 전 유튜브 채널 〈공부왕 찐천재〉를 만들었다. 국어, 영어, 수학, 사회 등 초중고 수준 교과목을 웃음과 지식으로 학습하는 프로그램이다.

구독자는 유튜브 개설 두 달도 안 지나 12만 명을 넘었다. 3년 여가 지난 최근 구독자가 얼마나 늘었나 봤더니

150만 명에 달했다. 아, 이 얼마나 경이로운가. 나는 유튜브 채널 정보란에 쓴 '지식을 향한 타는 목마름으로 채널을 개설했다'라는 그녀의 각오에서 당찬 도전정신을 느꼈다. 그녀는 방송에서 줄곧 '바보'와 '천재' 이미지를 넘나들었기 때문이다.

초등학생 딸의 공부를 도우면서 느꼈던 경험을 토대로 '재밌게 공부하는' 프로그램을 만든 의지와 꾸준히 활동하는 그녀의 열정에 뜨거운 박수를 보낸다. 그녀는 과거 한 언론 인터뷰에서 끊임없는 도전의 동력이 무엇이냐는 질문에 이렇게 대답했다.

"태어났으니까 사는 거예요. 이왕 사는 김에 열심히 사는 거고, 너무 열심히만 살면 재미없으니까 마음 맞는 사람들과 재밌는 일을 벌이고요. 그렇게 벌인 일을 꾸역꾸역 해내면서 사는 것뿐이에요. (중략) 배움으로 열릴 새로운 세상이 굉장히 기대돼요. 더 많은 것들을 알게 되면,

지금껏 내가 살아온 세상들이 얼마나 작게 느껴질까 싶어서요." 〈2021년 3월 25일 경향신문 보도 중〉

 그녀 말마따나 태어났으니까 사는 거라지만, 열심히만 살면 무슨 재미가 있을까. 때론 모험과 도전을 하면서 사는 것도 나쁘지 않을 것 같다. 그러고 보면, 나는 그동안 '기자'라는 직업 외에 많은 일은 경험하지 못했다. 신문사 입사 전 건설회사에서 2년 동안 회사원으로 근무한 것 외에는 줄곧 언론인의 길만 걸었기 때문이다.

 한때 요리와 수영을 열심히 배운 적이 있다. 배움의 기간이 짧아서인지, 게으름 탓인지, 수준급에 이르진 못했다. 그래도 그것들을 배우고, 도전했을 때는 신나고 즐거웠던 추억들이 방울방울 떠오른다.

 배움에는 왕도가 없다고 한다. 율곡 이이 선생은 "사람이 이 세상에 태어나서 배우지 않으면 사람 될 방도가 없다"고 했고, 칸트 선생도 "인간은 교육을 필요로 하는 유일한 존재"라고 했다. 미국의 '자동차 왕' 헨리 포드는 "배움을 그만둔 사람은 20세이든 80세든 늙은 것이다. 계속 배우는 사람은 언제나 젊다"고 조언했다.

모두 배움의 중요성을 강조한 말이다. 무엇을 배우든, 열과 성을 다해 도전한다면 전문가는 아니어도 아마추어 수준까진 이르지 않을까?

배우면서 알게 된, 이제까지 만난 적이 없던 사람을 통해 세상에는 다양한 사람이 각자의 가치관과 방식으로 살아가고 있다는 사실을 실감하며 자기 자신의 울타리나 그릇을 넓혀가야 한다. 이 역시 나이 들어 시작하는 배움의 커다란 효용이다. 우리들에게는 인생을 살아오면서 쌓아온 지식과 경험이라는 많은 재산이 있다. 재산을 더욱 '발효'시켜서 원숙미 넘치게 만들어야 한다. 이런 발효를 위해 배움을 누룩곰팡이나 효모처럼 활용해야 한다. -호사카 다카시『나이를 잊게 하는 배움의 즐거움』(반니라이프, 2019) 중

배움을 통해 삶에 활력을 얻는다면, 지금 하는 일에도 긍정적인 영향을 미쳐 시너지 효과를 얻을 것 같다. 40의 삶도 바둑처럼 복기하며 산다면 후회할 일을 줄일 수 있지 않을까.

3부
그리운 숨

1. 민트 초코

삐비빅 삐비비빅.

현관문 비밀번호 일곱 자리가 들린 건 내가 밥을 거의 다 먹었을 즈음이었다. 학원 갔던 아이들이 돌아왔다. 딸은 논술과 줄넘기, 아들은 복싱장에 다닌다. 둘은 밖에서 만나 저녁을 먹고 왔다고 했다. 아파트 단지 근처, 저들이 다니는 초등학교 정문 옆 분식집에서. 떡볶이와 순대, 튀

김까지. 순대는 간은 빼고 순대만 달래서, 튀김은 오징어, 고구마, 김말이를 시켜서 떡볶이 국물에 찍어 먹었는데, 맛이 아주 끝내 주더라며, 복장을 뒤집어놓는다. 녀석들 옷에서는 분식집 특유의 기름 냄새가 잔뜩 배어 있었다. 방금 밥을 먹었는데도 군침이 돌고, 허기가 몰려왔다.

신나게 자랑을 마친 녀석들은 옷을 갈아입으러 각자 방으로 흩어졌다. 그때, 출판사에서 걸려 온 전화가 떠올랐다. 아뿔싸. 퇴근 뒤 전화하겠다고 해놓고 깜박했다. 갱년기 증후군 증상이 또 도졌다. 이놈의 건망증! 어따 써먹을 것이여!

전화는 다음 날 걸기로 했다. 방에 들어가 노트북을 열었다. 출판사에 보내기로 한 원고를 찾았는데, 없다. '내 문서'에도 없던 문서는 '휴지통'에서 발견됐다. 그게 왜 거기서 나왔을까. 이놈의 건망증 참. 휴지통을 뒤져 복원한 원고 제목은 '딸과 함께 산책, 아빠 맘은 설렘'이었다.

딸과 함께 산책하고 돌아와 쓴 글이었다. 나는 일요일 저녁이면 습관적으로 아파트 단지 앞, 초등학교를 둘러싸고 있는 천변 산책로를 걷는다. 조용히 걷다 보면 어디선가 불어와 맞는 바람이 신선하다. 싱그러움과 상쾌함이 그만이다. 일주일 동안 묵었던 스트레스가 바람결에 훌훌 날아가는 듯. 한발 두발 걸으며 새로운 한 주를 계획하고 설계하곤 한다. 그리고 맞는 출근길 아침 발걸음은 월요일치곤 가볍다. 그렇게 휴일 산책은 나만의 '루틴'이 됐다.

마침 그날은 딸이 같이 가자고 현관 앞에 먼저 나와 있었다. 딸과 함께 산책하러 간다고 생각하니 떨렸다. 이 얼마 만에 느껴보는 설렘인가. 내일은 해가 서쪽에서 뜰까. 엘리베이터에서 내려 밖으로 나왔다. 온 종일 비가 와서 쌀쌀할 줄 알았는데, 의외로 따뜻했다. 초가을, 저녁 공기는 집안 실내처럼 무겁지 않았다. 고요하고 잔잔하고 너그러웠다. 오랜만에 딸의 손을 잡고 산책로로 향했다.

딸은 걸어가면서 이런저런 얘기를 신나게 했다. 며칠 후면 '체험학습' 가는 날이라며. 40대 용어로 '소풍'. 장소는 용인 민속촌. 한데, 민속촌이 우리가 알던 그 옛날 민속촌이 아니었다. '자이로드롭' 같은 놀이기구가 있고, '귀신의 집'도 있다고 한다. 얼마나 들뜨고 설렐까. 찐친 다섯이 한 조를 짰는데, 그야말로 '환상의 조합'이라나. 문제는 남학생으로만 꾸려진 조가 내부 갈등으로 공중분해 된 것. 딸은 불가피하게 각 조에서 1명씩 받아야 할 판이라며 울상이었다.

그렇게 되면, 딸이 속한 모둠에 남학생 1명이 들어와야 하는데, 누가 같이 앉으려고 할지 걱정이 태산이라고. 버스 좌석에 2명씩 앉아야 하는데, 서로 앉지 않겠다고 빽빽거릴 게 뻔하다면서. 걸음을 내디딜 때마다 한숨을 퍽퍽 내쉰다. 잘하면 땅도 꺼질 듯.

"우리 딸이 그 친구랑 같이 앉으면 안 될까? 그럼 친구들끼리 다툴 일도 없고, 그 애는 네가 얼마나 고맙겠어? 혹시 알아? 그 애랑 좋은 친구가 될지?"

사춘기에 접어든 나이라 그런지, 단짝 친구들과 떨어지기 싫어서인지, 딸은 고개를 절레절레 흔들었다. 딸의 '절대 거부' 사인에 크게 웃었다. 아직 오지 않은 걱정을 미리 하진 말라고 일렀다.

"걱정하지 마. 선생님이 현명하게 판단해 주실 기야. 아빠가 우리 딸 조는 불만 없이 해 달라고 기도할게."

그제야 뾰로통한 얼굴은 다소 펴진 듯 보였다. 딸과 이야기를 주고받다 보니 사위가 어두워졌다. 돌아갈 시간이다. 집에 가는 길에 산책로에 있는 단골 커피숍에 들렀다. 나는 아이스 아메리카노, 딸은 민트초코를 주문했다.

"따님인가 봐요?"

커피숍 주인이 물었다. 나는 고개를 끄덕였고, 옆에 있던 딸은 주인에게 배꼽 인사했다.

"어쩜 얼굴도 이쁘고, 인사성도 바르네?"

주인은 단골에 입에 발린 칭찬을 건넸다. 얼굴에 '딸바보'라고 쓰여 있는 나는 팔불출이 마냥 실실 웃었다. 옆에 있던 딸은 여러모로 부끄러웠는지 고개를 살짝 숙여 시선을 피하거나, 다른 쪽을 두리번거렸다.

집에 돌아오는 길은 어둡고 컴컴하고, 침침했다. 그래도 무섭거나 두렵지 않았던 건, 비단 가로등 때문만은 아니었다. 가로등 불빛보다 눈 부시고, 그 눈에 넣어도 아프지 않을, 백설공주보다 예쁘고, 인성은 국보급인, 나의 민트초코가 내 곁에 착 달라붙어 있었으니.

딸의 키는 나도 모르는 새 훌쩍 자라 있었다. 정수리는 내 가슴팍까지 와 있었고, 아내와는 어깨를 나란히 할 정도였다.

"우리 딸 언제 이렇게 컸나?" "아빠 몰래 컸지."

"얼굴 보기도 힘든데 키까지 몰래 크진 말어. 아빤 너랑 이렇게 오붓하게 걸으니 기분이 참 좋다. 딸 없는 아빠들은 무슨 재미로 살까 몰라."

"걱정하지 마, 딸 없는 아빠들도 나름 재미를 찾고 살 거야."

"에이그, 우리 딸. 이제 아빠랑 농담 따먹기도 할 줄 아네. 다 컸네, 다 컸어."

딸은 배시시 웃었다. 그러더니 내 손을 꼭 잡았다. 그 손의 보드라운 감촉이란. 그 손길에서 느껴졌던 따스함이란.

잉태했던 핏줄이 세상에 나와 이렇게 내게 살아갈 의미를 선사하고, 그 의미가 전해준 광활한 에너지란. 그 기분을 반구대에 새기진 못할지언정 글이라도 남겨둬야 했다. 그래서 출판사에 보냈건만, 뭐? 다시 쓰라고? 아, 그건 순전히 내 부족한 글솜씨를 탓할지어다.

2. 오 박사

나는 그녀를 '오 박사'라고 불렀다. 그럴 만한 이유가 있었다. '박사'가 되려고 부단히 애쓰는 모습을 수년간 옆에서 지켜봤기에. 어느 시인이 노래했지. '내가 그의 이름을 불러 주었을 때 그는 나에게로 와서 꽃이 되었다'고. 내게 와서 꽃이 된 건, 그가 아니라 그녀였고, 그녀는 바로 내 아내다. 키는 봄날 담장 아래 핀 보랏빛 제비꽃같이 자그마하고, 얼굴은 여름 들장미처럼 소박하며, 성격은

겸손한 가을 모란을 닮았다. 술에 취해 들어간 나를 대하는 눈빛과 표정은 겨울 난초처럼 매서운, 사계절을 갖춘 '꽃' 같은 여인.

김춘수의 '꽃'이라는 시처럼, 나는 그녀에게 '박사'라고 꾸준히 불러 주면 언젠가는 그 꿈이 이루어지리라고 믿었다. 정치부 기자를 오래 하며 경험한 것 중 하나는 "시장님", "의원님"하고 불러 주면 당선 가능성이 높아진다는 것이다. 마침내 그녀의 꿈은 이루어졌다. 아내는 박사 과정을 시작한 지 7년여 만에 내 앞에 학위 논문을 내놓았다.

솔직히 나는 '박사'가 별거 아니라고 여겼다. 국회에서 열리는 토론회를 취재하러 갈 때마다 '박사' 명함을 숱하게 봤기 때문이다. 국회의원회관 문지방에 걸려 넘어질 정도로 넘쳐나는 게 박사였기에. 돈만 내면 따는 박사 학위가 뭐 대단하냐고 콧방귀를 뀌었다.

아니었다. 오 박사의 지난 여정을 곁에서 지켜보니, 실로 '박사는 아무나 하는 게 아니구나' 싶었다. 자, 이제부터 오 박사의 지난했던 학위 취득 과정을 거슬러 가보자.

오 박사는 명문대를 나왔다. 누구나 알만한 '스카이(SKY)' 출신이다. 그런 그녀가 학사를 마치고 '똥'을 밟았다. 4대 독자 장남에, 지방대 출신에, 월급 99만 원을 받는 '듣보잡' 지역 신문사 기자를 만났으니. 그래서 장인어른은 결혼 10주년이 훌쩍 지난 오늘날끼지 나를 신녀 옷을 훔친 나무꾼 대하듯 한다. 의'사', 판'사', 검'사', 변호'사'도 아니고, 기'자'여서. 하지만 오 박사는 괘념치 않았다. 무슨 믿음이 있었는지 모르겠지만, 나랑 덜컥 결혼해 '신(新) 바보 온달과 평강공주'란 드라마를 찍으며 살고 있다. 지지고 볶는 부부애는 해를 거듭할수록 돈독해지고 있다.

우리는 2010년 결혼 이후 1년 만에 첫 아이를 가졌다.

그러던 어느 날, 아내는 내게 "공부가 하고 싶다"고 말했다. 들던 중 반가운 소리였다. 내가 우주상에서 가장 좋아하는 단어가 '공부'이기 때문이다. 아내는 첫 애를 임신한 2011년 석사를 시작했다. 보통 일반대학원은 4학기(2년)지만, 아내는 특수대학원에 다녀 5학기를 마쳐야 했다. 젖먹이는 장모님께 맡겼고, 장모님은 아내가 짜 놓고 간 젖을 데워 먹이며 아이를 돌봐 주셨다.

아내는 2년 터울 둘째를 임신하고도 대학원을 다녀야 했다. 만삭에 석사 학위 논문을 쓰느라 '개 고생'했다. 그래도 휴학 한번 없이 2013년 석사를 끝냈다. 부끄러운 고백이지만, 아내가 부지런히 삶의 끈을 부여잡고 발버둥 치는 동안, 난 술독에 빠져 발버둥쳤다.

아내가 내 앞에서 독기 어린 눈으로 박사를 하겠다고 선언한 건 그로부터 3년 후. 2016년 큰애는 6살, 작은 애는 4살이었다. 그사이 2019년과 2020년 코로나19라는 변수가 터졌다. 햇수로 2년을 덧없이 보냈다. 감이 떨어질 만했고, 학구열도 식을 만했다. 아내는 포기하지 않았다. 2023년 7월 기어이 박사학위 논문을 마쳤다. 논문 표지에는 '2022학년도'라고 쓰여 있는데, 그건 여름학기 졸업까지는 전년도로 들어가기 때문이라고 했다. 박사는커녕 석사도 못 해본 나는 그런 것조차 알지 못했다. 그때까지 박사를 어물전 멸치, 꼴뚜기 보듯 한 걸, 반성하고 후회했다.

독일의 소설가 '장 파울'이 그랬다. '실패한 자가 패배하는 것이 아니라, 포기한 자가 패배하는 것'이라고. 포기하지 않으면 실패하지 않는다. 포기하지 않았기에, 내가 아내를 '박사'라고 불러줬듯이 아내도 내게로 와서 '박사'가 될 수 있었다.

고해성사하는 심정으로 나는 아내 학위 수여식에 휴가를 내고 참석하기로 했다. 하지만 수여식마저 역대급 태

풍에 이듬해 2월로 떠밀려 내려갔다. 우여곡절 끝에 학위수여식을 하던 날, 꽃을 든 아내의 손과 사각모 쓴 머리 위에 함박눈이란 축하사절단이 내렸다. 아내는 지금 전공을 살려 대학에서 "교수님" 소리 들으며 일하고 있다. 개부럽다. 아, 그래서 아내를 '아내느님'이라고 부르는 건가? 어쨌든 겨울 난초처럼 매섭고 살벌해도 하느님처럼 떠받들고 살지어다.

3. 아들의 독립선언

 그는 초딩이다. 출생 직후부터 지금까지 '엄마 껌딱지'로 살고 있다. 덕분에 나는 10년 넘게 허벅지에 바늘을 쿡쿡 찌르며 '독수공방' 신세. 류씨 집안 '오대 독자'라서 붙여진 그의 별칭, 오독이.

 그가 초등학교에 막 입학했을 무렵이다. 입학 기념으로 방-내가 외로움에 허덕이며 보냈던-을 만들어줬다. 오래된 장롱을 낑낑대며 들어내고, 그 자리에 새로운 침대를 들였다. 엄마와 분리를 시도했다. 하지만 그는 그 방을 쓰지 않았다. 기어코 안방으로 기어들어 왔다. 그의 방은 '도로 내 방'이 되었다. 결과적으로 내가 쓰던 방에 침대만 하나 들어온 셈이 된 거다.

직감했듯이 그는 바로 내 아들이다. 엄마한테 꼭 붙어 떨어지지 않던 녀석이 3학년에 올라가면서 독립운동에 나섰다. 무슨 영문인지 모르겠지만, 스스로 '독립선언'을 했다. 2년 전처럼 '먹튀' 하는 건 아닌지 의구심이 들긴 했지만. 용케 혼자 잠들었다. 신기했다. 아들이, 혼자, 잠을 자기 시작했다. 물론 새벽녘 안방 문을 슬며시 열고 들어와 엄마 옆에 누워 한두 시간을 더 자긴 했지만. 그래도 더 많은 시간을, 혼자서 잤다는 건 경이로운 일이었다. '역사적 사건'인 것만은 틀림없었다.

아들이 독립을 선언하면서 나는 '본의 아니게' 아내와

합방했다. 10년이면 강산도 변한다는데, 아내는 그대로였다. 여전히 건드리는 것에 질색했고, 코를 골면 거실로 내쫓겠다는 경고부터 날렸다. 첫날밤이라 긴장한 게 아니라, 쫓겨나지 않을까 긴장해 잠이 오지 않았다. 언제 잠들었는 진 모르겠다. 일어나 보니 다행히 아침이었다.

딸도 없고, 아들도 없던 시절, 원래 내 방과 자리로 돌아온 건데, 그날따라 잠자리가 낯설었다. 혼자였던 옆자리에 누군가가 있다는 사실에 소스라치듯 놀랄 뻔했나. 그렇게 난 '낯선 아내'와 며칠 밤을 맞고 있었다. 언제 들이닥칠지 모를 아들의 귀환과 코를 골면 죽는다는 긴장감에 치를 떨며.

그렇다고 당시 상황이나 환경이 나빴다는 소리는 '결코' 아니다. 아내가 훗날 이 글을 읽을 걸 염려한 '보험용'도 아니다. 그저, 그랬다는 얘기다. 난 아내를 극도로 '사, 랑, 한, 다'

내가 쓰던 방은 한동안 아들 방이 되었다. 아들은 책장에 꽂힌 내 책을 비워줄 것과 잡동사니의 철거를 요구했다. 사물함도 자리 변경을 주문했고, 이불 교체, 공기청정기와 선풍기도 재배치했다. '아, 저 녀석이 며칠이나 갈까?' 반신반의하면서. 여차하면 '아빠, 다시 바꿔요'라고 할 것 같은 불길함과 한편으로는 은근한 바람 같은 것이 뒤섞인 채. 어쨌든 아들이 자기 방에서 생활하는 모습을 보니, 여러 감정이 교차했다. 다 컸구나, 대견스럽네, 따위의 것들이. 중국의 작가 '루쉰'은 이렇게 말했다.

자식은 자기의 것인 동시에 자기의 것이 아니다. 그러나 이미 서로 독립되어 있으므로 또한 인류 중 한 인간이기도 하다. 자식은 자기의 것이므로 한층 더 교육의 의무를 다하여 그들에게 자립할 수 있는 능력을 주어야 하며, 또 자기의 것이 아니기 때문에, 동시에 해방시켜 모든 것을 그들 자신의 것이 되게 하고, 하나의 독립된 인간으로 만들지 않으면 안 된다.

아들아, 인생이란 고독과 외로움과 싸우며 이겨내는 법도 알아야 한단다. 너만의 공간에서 많은 꿈을 꾸고, 사색과 사유와 사랑을 하거라. 그렇게 사춘기를 받아들이고, 청년이 되고, 결혼해 아이를 낳고, 그 아이를 독립시키는 순간, 지금 이 아빠의 심정을 몸소 체감할 터. 부디, 독립다운 독립을 하거라.

어느 가을날이었다. 아들은 갖은 회유와 협박 속에 반강제 독립을 했고, 난 눈물겨운 투쟁 끝에 10년 만에 '독방'에서 풀려났다. 그러나 석방 한 달 만에 난 또다시 독방으로, 아들은 안방으로 복귀했다. 오독이는 현재 초등학교 오학년이고, 아직도 엄마랑 잔다. 오호, 통재라.(오호통재 嗚呼痛哉, 오호 괴로운 상황이구나 하는 의미.)

4. 밤양갱

그래, 어쩌면 내 마음의 병은 그날부터 시작했을지도 모르겠다. 추석 명절을 사나흘 앞둔 때였다. 자정 무렵, 전화벨이 무섭게 울렸다. 한밤중에 전화벨이 울리는 건 대개 불길한 소식을 알리는 징후다. 그 전화도 그랬다. 수화기 너머 어머니의 목소리는 다급하게 떨렸다. 어머니는 나에게 전화를 걸기 직전 119로부터 전해 들은 이야기를 전했다.

"아버지가 많이 다치셨단다."

심장이 빠르게 뛰기 시작했다. 얼마나요? 얼마나 다친 건 모르겠고, 지금 병원으로 옮기는 중이라고 했다. 난 지금 출발할 테니, 너도 서둘러 병원으로 오너라고. 나는 주섬주섬 옷을 입고 나서 부랴부랴 병원으로 차를 몰았다.

내가 어머니보다 먼저 병원 응급실에 도착했다. 응급실은 조용했다. 아니, 응급환자가 이송 중인데, 그것도 많이 다친 환자가 실려 오는 중인데, 하다못해 부산하게 수술 준비라도 하고 있어야 하는 거 아닌가. 내가 병원을 잘못 찾았나, 아니면 여기 말고 응급실이 또 있나, 당직자에게 물었더니 응급실은 거기 한 곳 이랬다. 그런데 왜 의사도 안 보이고, 환자 맞을 준비를 하지 않고 있느냐고 물었더니, 연락을 받은 게 없다고 했다. 무슨 영문인가 싶었다.

그때 막 응급실 문이 열렸고, 아버지가 아니라 어머니

가 헐레벌떡 들어오셨다. 어머니 역시 너무나도 조용한 응급실 상황을 보고 어리둥절한 표정을 지었다. 이게 어떻게 된 일이라니, 너희 아버지 어디 딴 병원으로 간 거 아니냐며. 그때 어머니한테 걸려 온 낯선 번호의 전화 한 통. 내가 어머니에게서 받은 전화보다 더 불길했다. 통화를 마친 어머니는 응급실 밖으로 나가면서 내게 따라오라고 손짓했다. 누구냐 물었더니, 경찰이라고 했다. 경찰이 왜?

웬걸. 경찰이 본관 건물로 오라고 했단다. 본관 건물에는 왜? 요란한 소리를 내며 벌써 도착했어야 할 구급차는 안 보이고, 경찰은 왜 우리를 본관으로 오라고 한 걸까. 어머니와 본관 건물로 걸어가고 있을 때 심장은 쿵쾅대다 못해 터질 것 같았다. 찬 밤공기에 머리카락이 쭈뼛 섰다. 본관 현관 앞에 정복을 입은 경찰관 두 명이 우리를 맞았다. 그들은 우리를 데리고 안으로 들어가 빈 의자에 앉혔다.

여기가 경찰서도 아니고, 취조를 받으러 온 피의자들도 아닌데, 어머니와 난 겁이 덜컥 났다. 두 사람 중 선임으로 보이는 경찰에게 아버지의 행방을 물었다. 내 질문을 받은 경찰관은 무겁게 입을 열었다.

"죄송합니다. 미리 말씀드리면 오다 사고가 날지 몰라서 솔직하게 말씀 못 드렸습니다. 부친께선 이미 운명하셨습니다."

경찰관의 말이 끝나기 무섭게 어머니는 '아이고'하며 까무러쳤다. 기진하며 몸이 뒤로 넘어가는 어머니를 겨우 붙잡아 앉혔다. 어쩌다, 어쩌다가요. 길을 건너다 차에 치였습니다. 그 자리에서 운명하셨습니다. 어머니는 혼절했고, 난 그런 어머니를 부둥켜안고 등을 두드리며 달랬다.

"괜찮아, 괜찮아 엄마."

나라도 정신을 똑바로 차리고 있어야 했다.

우리에게 부고를 전한 경찰관은 신원 확인을 위해 안치실에 가자고 했다. 그는 '어머니 상태가 좋지 않으니 아드님만 가는 게 좋겠습니다'라고 말했다. 경찰관 한 명은 어머니를 모시고 있기로 하고, 나는 다른 경찰관을 따라 나섰다. '안치실'이라고 쓰인 곳은 병원 지하에 있었다. 입구에 들어서자마자 포르말린 냄새가 역하게 신경을 자극했다. 안치실로 가는 복도는 축축하고, 음침했다. 정철권과 나는 안치실 문을 열고 들어갔다. 안에 있던 근무자 둘이 냉동고 문을 열고 흰 천에 덮인 시신을 꺼냈다. 그리고 내 앞에 내려놓고 서서히 천을 젖혔다.

제발, 아니길. 내 아버지가 아니길. 부처님, 제발 저 망자가 내 아버지가 아니게 해주세요. 하느님, 내 앞에 있는 망자가 정녕 내 아버지라면 다른 사람으로 바꿔주십시오. 그럼 당신들을 믿겠습니다. 부처님도, 하느님도 내 소원을 듣지 못했다. 그래서 들어주지 못했다. 흰 천 밖으로 모습을 드러낸 이는, 아!

다리에 힘이 빠지며 바닥에 털썩 주저앉았다. 터질 것 같던 심장은 돌연 멎는 듯했다. "아이고, 아이고." 내가 낸 소리는 그게 전부였다. 그 이상 어떤 말을 할 수도, 나오지도 않았다. 눈을 꼭 감은 채 반듯하게 누운, 하지만 싸늘하게 식은 몸뚱이. 입 주변에 흘러나오다 만 핏자국.

핏기 없는 아버지를 넋이 나간 듯 바라봤다. 경찰관이 다가와 아버지가 맞느냐고 물었고, 난 그저 멍하니 고개만 끄덕였다. 안치실 근무자는 서류에 유가족이 확인했다는 표시를 했다. 그 다음 들것에 실려 누워있는 아버지를 다시 냉동고로 옮겼다. 포르말린 냄새 진동하는 복도를 걸어 나올 때, 그제야 비로소 눈물이 흘렀다. 교통 사망사고의 경우 검찰 지휘가 있어야 장례를 치를 수 있었다. 그땐 명절 연휴가 시작한 첫날이라 시간이 걸렸다. 빈소만

차려놓고 검찰 지휘가 떨어지기를 기다렸다. 삼일장을 치른다면 명절 당일 발인을 해야 했다. 어머니는 자식들은 모아놓고 장례를 늦추자고 제안했다. 차례를 지내야 하는데, 누가 명절 전날 조문하러 오겠냐 하시며.

"돌아가실 때도 혼자였는데, 마지막 가는 길도 혼자 가게 할 순 없잖으냐. 보고 싶은 사람들 얼굴은 보고, 인사도 받고 가셔야지."

이틀간 장례식장 안치실에 모셨다가 명절 당일부터 조문객을 맞았다. 오일장을 치렀다. 아버지는 한동안 꿈에 나왔다. 유명한 절에서 49재를 올려드렸어도, 자주 내 꿈에 보였다. 생전에도 그랬듯이 말이 없었다. 그저 먼발치서 나를 지켜보고 홀연히 사라지기를 반복했다. 어디로 가시느냐고 소리쳐 부르고 싶은데, 아무리 애써도 목구멍에선 한마디도 나오지 않았다.

아버지는 생전 밤 갈색 양갱을 좋아했는데, 그거라도 들고 흔들었으면 어땠을까.

달디단 밤양갱을.

5. 유전과 유산

 나도 아버지처럼 당뇨를 앓고 있다. 정확히 언제부터 발병했는지는 알 수 없다. 아내와 연애하던 시절 등줄기에 식은땀이 흐르고, 어지럽고, 정신이 혼미해지는 현상이 잦았다. 처음엔 한여름이니 더워서 그렇겠지, 더위에 약한 체질이라 그렇겠지 했다. 그래서 눈에 보이는 편의점이든 식당이든, 술집이든 들어갔다. 가선 액상과당 음료수를 마시든, 탄산 주스를 마시든, 생맥주를 들이켰다.

그러면 타는 목마름이 가셨는데, 아마 그때부터 당뇨병 증세가 있었나 보다.

딸아이를 낳고 나서야 병원에 갔고, 당뇨병 진단을 받았다. 주치의는 당뇨 합병증을 설명하며 잔뜩 겁을 줬다. 어찌나 겁을 주는지 등골이 오싹할 지경이었다. 서른 중반부터 당뇨약을 먹기 시작했다. 어머니는 "아이고, 그건 유전이래는디"라며 깊은 한숨을 내쉬었고, 아버지는 말없이 대문 밖을 나가셨다. 마치 내 당뇨병이 당신 때문인 양 죄책감을 가진 듯. 아버지의 처진 어깨와 뒷모습에 내 마음도 가라앉았다.

이 년 뒤 아들이 태어났다. 손 귀한 집안에서 '오대 독자' 타이틀을 달고 세상에 나왔다. 세상 다 가진 듯 좋아하던 아버지 모습이 아직도 생생하다. 자식들 어렸을 땐 품에 안아본 적 없던 아버지는 알록달록한 아기 띠에 손자를 업고 한시도 내려놓지 않으셨다. 아이 얼굴을 보며 싱글벙글 웃는 모습이 당황스러울 만큼 생경했다. 삼대와 사대, 오대 독자가 한집에 모인 날이면 아버지는 목욕탕에 갔다. 가서 서로 등을 밀어주기도, 구운 달걀을 까먹기도 했다. 당이 높은 음료수와 컵라면은 빼고.

아버지는 내가 결혼하자마자 당신 명의로 된 밭을 우리 부부에게 증여했다. 나와 아내에게 정확히 절반씩 주셨다. "됐다. 뭐합니까"라는 어머니의 반 강제적인 제안이 있었지만, 유일한 재산을 막 결혼한 자식에게 물려준다는 건 여간해선 쉬운 결정이 아니었다. 그것도 환갑밖에 안 된 나이에. 아버지는 재산에 아무런 욕심도 미련도 없는 사람처럼 보였다.

아버지가 사고로 돌아가셨을 때, 저축 예금을 조회해 찾으러 간 적이 있다. 우체국에 찔끔, 농협에 찔끔, 무슨무슨 은행들에 찔끔찔끔. 그래도 그곳에선 상속인들 모두 도장을 갖고 방문해야 돈을 내준다고 했다. 직접 오기 힘들면 위임장이라도 받아오라고 했다. 다행히 동생들 모두 나와 같은 지역에서 거주하고 있어 어렵지 않게 처리할 수 있었다. 한번은 아버지 부고를 뒤늦게 전해 들은 지인으로부터 전화가 걸려 왔다.

"아버지가 나한테 보험을 든 게 있다."

많지 않는 돈이지만, 어머니와 동생들과 같이 가서 찾아가라고 했다. 전화가 없었다면, 아버지가 들어 놓은 보험금은 찾지 못 했으리라. 아니, 아버지는 워낙 그런 쪽에 관심이 없었으니, 보험을 들었을 거란 생각조차 하지 않았겠지. 어머니는 그렇게 그러모은 돈과 부의금과 사고 합의금을 삼 남매에게 똑같이 떼 줬다. 여생에 보태 쓰시라며 거절했지만, 어머니 뜻은 완고했다.

"난, 연금 나오는 걸로 쓰면 된다. 나이 먹어서 쓸 돈도 없다. 늬들 필요한데 써라."

어머니는 아버지 유산에 아무 관심이 없는 사람처럼 보였다. 난 내 몫의 아버지 유산을 받아 아이들 통장에 똑같이 나눠 예금했다. 살아생전 금쪽같이 여겼던 손자 손녀한테 준다면 아버지도 흐뭇하실 것 같았다. 그 돈은 아직도 아이들 통장에 꽁꽁 묶어두고 있다. 아버지 목숨 값이니, 소중하게 써야 하니까. 그러고 보면 유전이든 유산이든, 난 아버지한테 받은 것이 참 많다.

6. 어머니의 졸업식

 2024년 2월, 어머니가 중학교를 졸업했다. 나이 칠순에. 국민학교 졸업장이 당신 인생의 최종 가방 끈이면 안 된다는 의지였을까.

 3년 전, 어머니는 그렇게 내 손을 잡고 중학교 교문을 들어서셨다. 천안중학교 부설 방송통신중학교. 격주마다 가던 학교 수업은 코로나19가 터지면서 온라인 수업으로 바

꿨다. 만학의 꿈을 품고 모인 또래들과 만남도 한동안 못했다.

 어머닌 노력을 게을리하지 않았다. 꼬박꼬박 온라인 수업을 들었고, 시험을 보면 늘 1등이었다. 아내는 주말마다 어머니가 계신 시골집으로 출동해 과외를 하며 학업을 도왔다. 그 덕에 졸업식 행사에서 내 어머니는 국회의원상을 받았다. 어머니는 리더십도 탁월했다. 3년 내내 학급 반장을 도맡았다. 그 나이 때 어른들이라면 서로 반장을 하겠다고 손 들었을 이가 많았을 텐데, 학기 초마다 만장일치로 선출됐다. 싹싹하고 털털한 성격에 동급생들도 인정한 모양이다. 그 덕에 어머니는 여고시절에 나오는 것 같은 옛날 교복을 입고 졸업사진을 찍을 때 앞줄 맨 가운데에 앉았다. 반장으로 봉사한 어른에 대한 배려와 존중, 예의였으리라.

 부정맥. 어머니가 앓고 있는 지병이다. 늘 불안하고 조마조마하다. 시골에서 혼자 계시니 언제 어떻게 될지 몰라, 걱정이 우리 동네 태조산보다 높다. 코로나19 규제가 풀리고 등교가 재개됐을 때, 병원에 입원해 계실 때도 어머니는 외출증을 끊어 일요일마다 학교에 갔다. 그 덕에 졸업식에서 개근상을 받았으리라. 내 어머니는 그런 분이다. '독종'.

"공부? 무진장하고 싶었지. 근디 워쩌냐. 위로는 오빠랑 언니가 있시, 아래로는 남동생이 둘이나 있는디. 내가 어찌 중학교에 간다고 하겠냐, 그 시절에."

여기서 방점은 '그 시절에'에 찍혔다. 그래, 그 시절을 산 여자들은 다 그랬다. "계집애가 무슨 공부며 학교여! 집에서 밥이나 짓고 동생들 보다가 크면 시집가는 거지!" 이런 기상천외한 논리가 먹히던 시대를 살았던. '성평등'은 귀신 씻나락 까먹는 소리로 취급하던 시대를 산, 피해자 중 한 명이었다. 그 피해의식이 가슴 한구석에 가시처럼 콕 박혀 지금의 독종을 만들었을지도.

  어머니가 중학교에 간다고 했을 때, 나는 안도했다. 아버지가 갑작스러운 교통사고로 돌아가시고, 까막눈 노인들만 수북한 촌 동네에서 얼마나 적적하고 답답할까, 걱정이 태조산 옆 흑성산 보다 컸으니까. 그렇게 학교라도 다니면서 비명에 떠난 이의 상처를 딛고 일어서기를 바랐다. '고상하며 유식한' 어른들과 어울리며 노년을 보내길 바랐다. 그 덕에 어머니는 인수분해와 방정식을 4년제 대학 나온 아들보다 잘 풀고, 중학교에 들어가는 손녀에게 수학책을 꺼내 알려줄 수 있었으리라. 반 친구들과 이곳저곳 놀러 다니고, 졸업여행도 다녀왔으리라.

  중학교 졸업식 날 어머니는 나를 보며 흐흐 웃었다. "인저, 내가 니 후배가 되었다." (내 어머니는 현재 방송통신고에 진학했다. 내가 졸업한 천안 중앙고등학교 부설이다.)

중학교 졸업식이 끝난 뒤 두 동생 식구들과 어머니를 모시고 예약해 놓은 식당으로 향했다. 칠순을 맞은 어머니 생일잔치를 하러.

"아버지도 읍는디, 한복 입고 동물원 원숭이 마냥 혼저 앉아있기 싫다. 즘 하려면 식구들끼리 밥이나 먹자. 비행기 탈 자신도 읍써. 낭중에 우리 반 칠순 친구들이랑 국내여행이나 가련다."

풍악과 밴드까진 아니어도 주변 친지들 모시고 뷔페에서 식사라도 해야지 했던 계획은 수포에 그쳤다. 하와이는 아니어도 베트남 정도는 모시고 해외여행이라도 다녀와야지 했던 계획도 '없던 일'로 됐다. 우리보다 친구들과 여행이 칠십 배 나을 성싶었다. 해외여행 경비를 용돈으로 드렸다.

인적 드문 중국집에서 코스요리를 시켜놓고 맛있게 드

시는 어머니 얼굴을 보자 눈물이 왈칵 솟았다. 내 초등학교 시절 졸업식이 생각났기 때문에. 난 초등학교 졸업식 때 학교 앞에 딱 하나였던 허름한 중국집에서 자장면을 처음 먹어봤다. 어머니가 졸업 기념으로 사 주셨던. 어머니는 자장면이 싫다고 하셨다. 그래서 한 그릇만 시켜 나만 먹였다. 새벽에 누룽지를 먹어 배도 부르고 속도 안 좋다고 했다. 내가 너무 많다고 하니 그제야 젓가락으로 몇 가닥 집어 앞 접시에 두고는, 식초에 전 누런 단무지만 계속 우물거렸다. 그때 어머닌 누룽지를 드시지 않았고, 속이 불편하다는 것도 다 '뻥'이었다. 혹여 내가 더 먹고 싶다고 할까, 당신 앞 접시에 덜어 놓은 몇 가닥 면발도 남겨 두고 신맛 단무지만 씹고 계셨던, 그날의 추억.

식당 벽에 건 현수막 글귀에 내 마음은 다시 먹먹해졌다. '꽃보다 예쁜 우리 엄마' 그래, 내 어머니는 세상 그 어떤 꽃보다 아름답다. 그리고 앞으로 더 아름답게 살아갈 것이다. 이제는 나와 동생들이 어머니의 '꽃 길'이 되어 드리리라. 어머니! 졸업과 생신 축하해요. 건강하게 대학교까지 가세요. 등록금은 제가 댈 테니. 엄니, 사랑해유.

7. 류씨 집안 '김장 대작전'

예년에 비해 일찍 김장을 담던 해였다. 밭에서 직접 기른 배추를 뽑아 소금에 절여놓고, 무도 깨끗이 닦아 채칼로 쓱쓱 밀었다. 마늘이랑 생강도 갈고, 갓이랑 파도 다듬었다. 어머니께서 직접 심고 기른 채소들이 마당 한쪽에 그득 쌓였다.

아침 일찍 절여 놓은 배추를 씻어 비닐 씌운 선반에 척 척 쌓아 물기를 뺐다. 고춧가루와 젓갈, 찹쌀로 쑨 풀 등 양념을 넣고 골고루 버무렸다. 두 여동생이 지원군으로 출동했다. 배추 고갱이 하나 뚝 잘라 버무려진 김장 속을 넣고 먹어보니 매콤한 맛이 일품이다.

영하의 기온에 추울 거라던 날씨는 봄날처럼 포근했다. 어머니 주도로 매제들까지 합류해 빚어낸 맛과 빛깔은 '예술' 그 자체였다.

100포기가 넘는 배추가 반나절 만에 김장 통 안에 차곡차곡 담겼다. 점심은 돼지고기 수육을 삶았다. 싱싱한 굴도 한 상자 사다가 겉절이에 넣어 먹었다. 야들야들하고 신선한 맛이 산해진미 안 부럽다. 금세 밥 두 그릇을 뚝딱 비웠다.

막냇동생이 김장 때 신자고 털 신발 네 켤레를 사 왔다. 어머니와 아내, 두 동생이 나눠 신었다. 네 켤레 모두 한 사이즈라 내게 맞는 신발은 없었다. 그래도 오랜만에 삼 남매가 한데 모여 김장을 담그니 기분이 참 좋았다.

아버지 떠나고 없는 집에서 어머니 혼자 무슨 김치를 겨우내 그리 드실까. 다 자식들 나눠 주려고 밭 갈아 모종 심고, 물 주고, 거름 주고, 풀 뽑아가며 애쓴 생산물인 게다. 삼 남매 기르듯 애지중지 키웠을 것들인 게다.

힘드니 그만하시라, 조금씩 사 먹으면 된다고 말려도 어머니는 해마다 김장거리를 심었다. "사 먹는 김치가 뭔 맛이여. 직접 길러 해 먹는 게 좋지. 농약 하나 안 준겨." 이게 바로 부모 마음일 터. 그 마음 읽은 삼 남매는 눈물 담뿍 지으며 갓 담은 김치 한 조각 죽 찢어 입안에 욱여넣는다.

"늬들 건강하고 우애 좋게 지내면 되는 겨."

아들딸, 며느리 사위, 손자 손녀가 모이면 어머니는 늘 같은 당부를 한다. 나는 그때마다 속으로만 답장을 보낸다. '네, 명심할게요. 저희 걱정일랑 하지 마세요' 그날 류씨 집안 삼 남매가 담근 건 김장 김치만이 아니었다. 마음 창고마다 소중한 '우애'를 켜켜이 담았다.

김장을 마친 뒤 나 홀로 빗자루로 마당을 쓸며 정리를 했다. 그러다 올려다본 하늘은 맑고 파랬다. 파란 하늘에는 아버지의 잔잔한 미소를 닮은 흰 구름이 소리 없이 떠갔다. 2년 전 그날, 우리 가족은 아버지 49재를 지냈다. 훈훈하고 따뜻한 일요일 오후가 찬 바람 불 듯 얼굴을 쓰다듬고 지나갔다.

8. 저녁이 있는 삶

집에 일찍 들어와 가족과 오붓하게 저녁을 먹었다. 진수성찬까진 아니어도, 4인 가족 수저는 부지런히 움직인다. 이쪽 반찬 한번, 저쪽 반찬 한번, 밥 한 번 입에 밀어 넣고 국물 한 숟가락 떠먹고. 하루의 피곤이 싹 날아간다. 밥이 보약이라는 말은 이럴 때 쓰는 말 같다.

딸이 "밥이, 뜨거운데 맛있어"라고 한다. 갓 지은 밥이라 술술 넘어가나 보다. 수다쟁이 아들은 오늘 저녁에도 입을 가만두지 않는다. 밥이 입으로 들어가는지, 코로 들어가는지 모를 정도로. 그러고 보니 언젠가 한 대선 후보가 '저녁이 있는 삶'을 슬로건으로 내건 적이 있었다. 그 후보는 비록 선거에서 졌지만, 그의 말은 아직도 회자된다. 아마도 '저녁이 없는 삶'을 사는 사람이 더 많기 때문일 터.

복작복작 저녁 시간이 얼마쯤 흘렀을까, 무슨 말끝에 딸이 "나 어렸을 때 누가 아기 띠 업고 다니던 사진 본 거 기억나"라고 했다. 나는 "엄마 아니면 아빠겠지"하고 대답했다. 딸은 "맞아. 나, 아빠 배 위에 엎드려서 잤었지?"라고 물었다.

아내가 거들었다. "엄마 아빠도 너희를 잘 만났지만, 너희도 엄마 아빠 잘 만난 줄 알아. 서로 고마워해야 해." 그랬더니 딸과 아들은 서로를 쳐다보며 "고마워"하며 싱긋 웃었다.

불현듯 어느 식사 자리에서 들었던 얘기가 떠올랐다. 아들 하나 딸 하나인 집은 금메달, 딸만 둘인 집은 은메달, 아들만 둘인 집은 '목 메(매)달'이라고. 웃자고 한 소리였는데, 어느 정도 일리도 있어 보인다. '금메달 집'이라는 소리에 기분도 좋았고.

남의 떡이 커 보인다는 말이 있다. 자기가 갖지 못한 걸 가진 사람을 부러워하는 말이겠지만, 지금 내가 가진 것이 얼마나 소중한지 모르고 하는 소리다. 키워놓고 보면 '목 메달 집' 형제가 부모에 효도는 더 잘할 테니 절대 슬퍼하거나 노여워 마시라.

나에겐 두 명의 여동생이 있다. 삼 남매가 연년생이라 어릴 땐 다투기도 많이 했다. 말수 없던 둘째와는 그다지 부딪치진 않았지만, 한 살 터울 첫째와는 시도 때도 없이 다툰 기억이 생생하다. 그때마다 어머니는 빗자루를 회초리 삼아 장남인 나를 더 혼냈던 기억도.

지금은 둘 다 시집가서 첫째 동생은 금메달 집이고, 둘째 동생은 딸만 하나를 뒀다. 같은 동네에 살아 밥도 자주 먹고, 아이들도 어울리게 해주면 좋겠건만, 오빠가 못난 탓에 언제나 마음만이다. 저녁 설거지를 마치고 동생들에게 문자라도 보내야겠다.

아내가 한마디 더 한다. "이렇게 가족 모두 식탁 위에서 저녁을 먹는 것도 고마워해야 해."

맞다. 어른이든, 아이든 아파서 병원에 있으면 이런 시간은 꿈도 못 꿀 일이다. 맞벌이 집도 가족이 모두 모여 저녁을 먹는 건 쉽지 않다. 특히 '불금'이라면 더더욱 그렇다. 변변치 않은 반찬이지만, 금세 한 그릇 뚝딱 해치우고 다 함께 외친다. "맛있게 잘 먹었습니다."

4부
호, 부는 숨

1. 해

아침 온도는 파랗다. 포근한 이불을 젖히고 묵직한 몸을 일으켜 베란다로 걸어 나와 창문을 열어본다. 숨을 들이마시며 파란 공기를 느낀다. 그렇게 파란 아침이 나를 깨운다.

나는 아침이면 푸른 그림자에 뒤덮인 회색 아파트 숲 사이를 바라본다. 그리고 이 세계 전체 배경색을 점점 밝

히는 존재의 묵직한 걸음 소리에 귀를 쫑긋 기울인다. 고요하다. 붉게 타오르며 이글거리는 1억 5천만km 멀리 있는 불덩어리가 떠오르는 소리다. 그는 말없이 세계의 배경색을 바꾸며 오늘도 묵묵히 제 일을 시작한다.

해, 태양, 이글거리며 폭발하는 불덩어리, 나보다 약간 더 나이가 많은 그는 오늘도 이른 아침부터 세계로 출근하고 있다. 올해 나이는 아마 46억 살 정도 되었으리라. 내가 46살이니 우리는 동갑인 셈이다. 그는 별이고, 나는 사람이니, 셈법은 달라야지.

일부 천문학자들은 해의 나이가 지구와 비슷한 46억 년 정도 되었고, 앞으로 100억 년 정도 수명이 남아있다고 추측했다. 그런 과학 기사를 읽었던 기억이 희미하게 남아있다. 고고학과 천문학만큼 논쟁과 수치 변화가 급격히 바뀌는 것이 없지만, 적어도 나는 그 기사를 읽으면서 한 가지 놀라운 점을 발견했다. 그것은 46억 살인 태양이 아직 청춘의 시절이라는 경이와 찬탄이었다. 해, 태양, 이글거리며 폭발하는 불덩어리, 그는 자기 생 3분의 1지점을 지나고 있던 것이었다.

그렇다면 나와 그대는 생의 어느 지점을 지나고 있을까. 5분의 1지점일까, 4분의 1, 3분의 1, 혹은 2분의 1지점을 지나고 있을까. 누군가는 운명처럼 알 수 없는 생의 얼마 남지 않은 소중한 마지막 순간을 지나고 있을까. 어린 왕자가 뱀을 만나 반짝이며 쓰러지기 전, 사막여우와 대화를 나누던 황금 밀밭을 지나고 있을까. 그대는 스물일까, 서른, 마흔, 쉰, 혹은 예순을 넘어섰을까.

나는 그대의 나이가 어떠하든, 아침에 떠오르는 해를 기억하기를 바란다. 46억 살 먹은 해가 이글거리며 폭발하는 에너지로 1억 5천만km 거리에서 우리를 따스히 안아주는 아침을 기억하기를 바란다.

오늘도 해는 아침을 밝히러 출근했을 것이다. 그는 46

억 살이지만, 아직 청춘이라는 듯 뜨겁게 타오르고 있을 것이다. 그는 세상에 따뜻한 온기를 전하기 위해 1억 5천만 km 거리에서 지구까지 빛의 속도로 8분 정도 걸려 달려오고 있을 것이다.

나와 그대는 어디쯤 와 있을까. 나는 그대의 나이가 어떠하든, 아침이 시작되는 순간에 와 있다고 말해주고 싶다. 외롭고 고독한 사막 한복판에 불시착했더라도, 새롭게 사막을 바라보는 법을 배워보자고 말해주고 싶다. 일으켜 세워 꼭 안아주고 싶다.

구름 뒤에 해가 있구나. 찬란한 해가. 해가 뜨지 않은 게 아니었구나. 구름이 잠시 가리고 있었을 뿐. 그럼 어디 구름을 불어 볼까? 후 후 후 뜨거운 팥죽 불 듯 불어볼까 후우!

2. 꿈

 하루는 아내와 아내의 친구가 만난 찻집에 동석을 한 적이 있다. 중년의 두 여성은 무슨 사연이 그리 재밌는지 호호거리고, 깔깔거리며 즐거운 수다 시간을 보내고 있었다. 나는 꿔다 놓은 보릿자루 마냥 뚱하니 앉아 핸드폰만 연신 들여다봤다. 그러다 아내와 친구가 하는 말을 가만히 들어보니 '꿈 이야기'를 하고 있는 것 아닌가. 서로의 어릴 적 꿈부터 중년 이후의 꿈에 대해서. 그녀들의 꿈은 쉼 없이 쏟아져 나왔다. 벤츠를 사고 싶다는 둥, 자기 명의 건물을 갖고 싶다는 둥, 해마다 해외 여행을 가고 싶다는 둥. 그녀들의 말을 듣던 나는 속으로 말했다.

'나에게 꿈이라는 게 있었나?'

그러다 이내 체념했다. 하루하루 버티는 거지 꿈은 무슨! 그런데 집에 돌아와 책을 펴보는 동안 뭔가 모를 묘한 감정이 일어났다. 잔잔한 호수에 퍼지는 파문처럼.

배운 게 도둑질이라고, 40 넘어서까지 기자가 천직인 줄 알고 살았다. 그래서 '꿈' 같은 건 말 그대로 꿈조차 꾸지 않고 살아온 것 같다. 나는 읽으려던 책을 덮고, 노트를 폈다. 빈 종이에 아까 만난 여성이 한 말을 되씹으며 하나하나 글을 써 내려갔다.

되고 싶은 사람, 하고 싶은 일, 가고 싶은 곳, 갖고 싶은 것. 한 파트 당 10개씩. '나는 어떤 사람이 되고 싶은가'에 대해 꽤 진지하게 고민한 시간이었다. 맨 먼저 적은 건 '베스트셀러 작가'였다. 어쭙잖은 글솜씨로 그동안 책을 몇 권 내긴 했지만, 베스트셀러에 오른 작품은 없기 때문이었다. 그 다음 '인정받는 기자' '존경받는 아빠' '운동 잘하는 사람' '대중 앞에서 강연하는 사람' '매사에 포기하지 않는 사람' 등등의 꿈 목록을 작성했다.

그리고 '조용한 카페에서 독서' '해안도로 달리기' '숲속 해먹에 누워 낮잠' '가족들과 해외여행' '당뇨 걱정없이 먹고 싶은 음식 맘껏 먹기' 등이 〈하고 싶은 일〉 리스트에 올랐다.

다음으로 〈가고 싶은 곳〉은 신혼여행지였던 하와이를 1순위로, 손흥민이 뛰는 영국 토트넘 구장과 박찬호와 류현진이 활약했던 미국 LA 다저스타디움, 첫 장편소설을 썼던 전남 강진, 신문사 워크숍을 다녀온 베트남과 오키나와를 적었다.

마지막으로 〈갖고 싶은 것〉에는 '한화 이글스 평생 무료 입장권' '개인 수영장' '65층 주상복합' '전용기' '5성급 호텔 회원권' '기사 딸린 외제 자가용' '청소부와 요리사가 포함된 개인 별장' 등이 줄줄이 여백을 채웠다.

나는 그중 몇 가지를 인터넷 이미지 사진에서 찾아내 인쇄했다. 그런 다음 거실로 나와 커다란 도화지에 하나둘 가위로 오리고 풀로 붙였다. 맨 꼭대기에는 〈재민's Dream!〉이라는 제목을 붙였다. 제법 그럴싸했다. 그제야 비로소 깨달았다.

'아, 나도 꿈이라는 게 있었구나!'

정신이 번쩍했다. 40은 아직 꿈을 포기할 나이가 아니었다. '힘껏 도전해보고 패배할지라도, 꿈을 꾸지 않았다니!', '눈 앞의 오늘에 치여 내일이란 미래를 잊으며 살았다니!' 그러한 생각들이 번쩍거렸다.

신경림 시인은 '민중시의 거목'이라 불린다. 그는 80이 다 된 나이에 열한 번째 시집 〈사진관집 이층〉을 출간했다. 시인은 시집을 내며 이렇게 말했다.

"늙은 지금도 나는 젊은 때나 마찬가지로 많은 꿈을 꾼다. 얼마 남지 않은 내일에 대한 꿈도 꾸고, 내가 사라지고 없을 세상에 대한 꿈도 꾼다. 꿈은 내게 큰 축복이다. 새로운 세상에 대한 꿈은 결코 늙지 않는다."

시인은 2024년 5월 향년 88세로 별세했다. 그가 세상을 떠났다는 소식을 들었을 때, 시인보다 반 정도 밖에 살지 않은 나는 너무 부끄러워 차마 고개를 들 수 없었다. 아직 늙지 않은 나는 '꿈 같은 꿈'이라고 내세울 만한 게 없었기 때문이다. 내가 사라지고 없을 세상에 대한 꿈은 상상도 못하고 살았기 때문이다.

40은 아직 꿈을 포기할 나이가 아니다.

그대에겐 노트가 있을까. 연필이나 샤프 혹은 펜이 있을까. 그렇다면 그대는 그대의 미래를 잊지 않을 수 있다. 아직 시작되지도 않은 우주의 가능성은 아직 그 누구의 것도 아니기에.

3. 하루키

무라카미 하루키. '일본의 김훈'이라 불릴 만큼 세계적인 작가다. (김훈 작가보다 한 살 어리다) 그는 젊었을 때 여러 곳을 여행했고, 야구를 즐겼으며, 숙취 없는 애주가였고, 풀코스 마라토너였다. 나 역시 그와 비슷한 취향과 취미를 갖고 있는데, 하루키처럼 팔리는 책을 쓰지도, 마라톤 풀코스도 뛰어보지 못했다. 아무렴 어떤가. 인생을 즐긴다는 자체가 중요한 법.

얼마 전, 하루키가 쓴 에세이 두 권을 읽은 적이 있다. 하나는 〈세일러복을 입은 연필〉이고, 다른 하나는 그의 나이 50에 출간한 〈만약 우리의 언어가 위스키라고 한다면〉이다.

앞 책에는 중년의 '탈모'와 '비만'과 관련한 두 꼭지의 글이 실렸다. 하루키는 이 글을 쓸 때가 서른여섯 무렵이었는데, 그는 여기서 자신을 '중년'이라고 소개했다. 하긴, 그 시절은 1980년대 중반으로, 평균 수명이 지금보다 짧았을 테니, 30대 중후반부터 중년이란 범주에 속했을 법하다.

뒤의 책은 1999년 출간했는데, 당시 원제목은 〈만약 우리의 언어가 위스키라면〉이었다. 하루키가 아내와 함께 위스키 성지로 부리는 스코틀랜드와 아일랜드를 여행하며 쓴 에세이다. '여행'이라는 단어부터 멋지고 아름다운데, 위스키 고장에서 접한 술의 맛과 향이란. 캬 그래도 나는 하루키가 부럽지 않다. 난 위스키보다 '소맥'이니까.

여기에도 하루키만의 중년 감성이 목 넘김 부드러운 아이리시 위스키처럼 살짝 흘러나온다. 마치 인생은 한 편의 영화가 아니라 '여행'이라는 듯.

양복을 깔끔하게 차려 입은 그 몸집이 작은 노인은 지금도 그 펍의 카운터에서 튤러모어 듀 술잔을 기울이며 여전히 뭐가에 관해 진지한 생각을 하고 있을 거라고 나는 확신한다. 나는 그 광경을 선명하게 떠올릴 수 있다.
-『만약 우리의 언어가 위스키라면』(문학사상, 2001) 중

2017년 〈기사단장 죽이기〉 이후 6년 만에 발표한 소설 〈도시와 그 불확실한 벽〉도 흥행에 성공했다. 소년과 소녀의 이야기로 시작해 어른이 된 소년과 또 다른 소년 이야기로 바뀌는 과정에서 하루키 특유의 섬세한 감정 묘사는 수수께끼 같다. 어른이 된 소년 '나'는 오래 해오던 출

판 일을 접고 작은 마을 도서관 관장이 된다. 45세인 '중년의 나'가 날마다 도서관에 오는 한 소년에게 '벽에 둘러싸인 도시' 이야기를 들려주는 장면을 꽤 인상 깊게 읽었다. 다음은 그중 한 대목이다.

"그런데 대체 어떻게 도시로 갈 생각이니?" 소년은 손가락으로 나를 가리키고, 이어서 자기 자신을 가리키고, 그 손가락을 허공으로 향했다. 나는 그 제스처를 나의 언어로 치환했다. "내가 너를 그곳으로 데려간다. 그 뜻이야?"
-『도시와 그 불확실한 벽』(문학동네, 2023) 중

하루키는 70이 넘은 나이에도 왕성한 집필활동을 하고 있다. 얼마나 대단한 '엉력(엉덩이의 힘)'을 지닌 소유자인가. 일본은 세계적으로 장수 국가이고, 우리나라도 100세를 넘어 120세 인생이라는 말까지 나오고 있으니, 한동안 그의 작품을 볼 수 있겠지.

나는 소망한다, 하루키보다 더 많은 글과 책을 쓸 수 있기를. 나는 꿈꾼다, 내가 손가락으로 하루키를 가리키고, 이어서 나 자신을 가리키고, 그 손가락으로 허공을 향하는 꿈을. 그렇게 '벽에 둘러싸인 도시'가 아닌, 문인들의 도시로 날아가, 멋진 글들을 마음껏 써내는 꿈을. 마치, 소설처럼.

4. 국화1

  삼각지역 11번 출구와 12번 출구. 그 중간에 내가 즐겨 찾는 커피숍이 있다. 점심을 먹고 전쟁기념관 둘레길을 걷다 보면 기자실로 돌아가는 길목에. 하루는 아이스 아메리카노를 주문해 놓고 기다리고 있는데 안치환의 노래가 흘러나왔다. 나는 그의 노래가 좋다. 듣고 있으면 위로받는 느낌이 들기 때문이다. 인생의 고독이 파도처럼 밀려올 때, 삶이 버거워 주저앉고 싶을 때, 그의 노래를 들어보라. 그는 인생이 술 한잔 사주지 않았다고 노래했다. 자신은 빈 호주머니를 탈탈 털어 인생에 술을 사주었건만. 인생이, 삶이라는 게 그리 호락호락하지 않다는 메시지를 노래로 전하고 싶었으리라. 동시에 모두가 다 그렇게 살고 있으니, 인생을 너무 비관하거나 낙담하지 말라고 응원하고 싶었나 보다.

이 노래 작사가는 시인 정호승이다. 어쩐지 가사가 '시적(詩的)'이다 했다. 안치환은 정호승 시인의 시를 여러 번 노랫말로 삼았다. 〈고래를 위하여〉, 〈수선화에게〉, 〈풍경 달다〉 같은. 안치환은 그의 시로 만든 노래를 한데 묶어 만든 9.5집 앨범 '정호승을 노래하다'를 발매하기도 했다. 시인은 안치환 노래에 "눈물 젖은 손수건이 한 장씩 다 들어 있다"라고 표현한 적이 있다. 그래서 "나의 시는 그의 노래를 통해 떠났다. 이제 나의 시는 그의 노래"라고 말했다. 이 얼마나 아름다운 은유인가. 문득, 시를 써보고 싶다는 욕구가 샘솟았다. 정호승처럼 멋들어진 시를 쓰면 안치환 같은 가수가 노래할 테니. 그러다가 이내 마음을 누그러뜨린다. 그건 이 땅의 시인들을 욕하는 것처럼 여겨졌기에. 나는 시인이 되기에 턱없이 부족한 사람이란 걸 알기에. '눈물 젖은 손수건'이 들어 있을 만큼 글을 쓰려면 좀 더 인생에 술을 사줘야 할 것 같기에. 호주머니를 탈탈 털어서라도.

커피를 마시고 나왔을 때였다. 전철 역과 교차로 사이에 설치된 바닥 분수에서 싸, 하는 소리와 함께 물줄기기 올라와 깜짝 놀랐다. 교차로에서는 구급차 한 대가 요란한 소리를 내며 지나갔다. 저 차는 어디로 가고 있는 걸까. 응급환자를 태우러 가는 길일까, 환자를 태우고 병원으로 향하는 길일까. 길 위에서 길의 방향을 묻고 또 물었다.

그러다 삼각지 다음 역인 녹사평이 떠올랐다. 몇 달 전 이태원 참사 분향소가 차려졌던 곳. 나는 그때 분향소에 갔었다. 무거운 발걸음으로. 구급차에 타보지도 못하고 길 위에서 생을 마감했던 젊은이들을 추모하기 위해서.

그해 10월의 마지막 날, 나는 참사 이후 현장 취재를 위해 이태원에 갔었다. 역 출구 앞에는 희생자들을 위한 추모 공간이 만들어졌다. 추모객들은 줄 서 차례를 기다렸고, 그 옆으로 취재진이 죽 늘어서 있었다. 추모 공간에는 국화꽃과 소주병이 놓여 있었다. 군데군데 추모 글을 적은 메모지도 보였다.

한 노부부가 추모를 마친 뒤 취재진 앞에 섰다. "젊은이들이 너무나 억울하게 당했다"고 흐느꼈다.

"영혼을 달래 주러 왔어요. 누가 책임을 져야 합니까. 국가와 나이 든 사람들이 책임져야죠."

추모 공간에서 얼마 안 되는 곳. 뉴스에 나왔던 '골목

길'이 보였다. 폴리스라인이 둘러쳐 있었고, 경찰들이 일반인들 진입을 막았다. 기자 신분증을 내밀고 안으로 들어갔다. 치과와 호텔 건물 사이, 3~4 미터 폭에 성인 대여섯 명이 겨우 지나갈 정도로 골목길은 비좁았다. 길 위쪽으로 경사가 지어졌는데, 길이는 얼마 안 됐다. 60여 미터 됐을까.

불과 하루 전 수백 명이 옴짝달싹 못 한 채 뒤엉켜 생사를 다퉜던 곳에는 아직 치우지 못한 쓰레기만 뒹굴고 있었다. 거리에서 이야기를 나누던 중년의 사내 둘이 수군댔다. "정부가 무능하고, 정치인들은 만날 쌈박질만 해서 그렇지. 쯧쯧."

시간은 어느새 정오를 가리켰다. 사고 현장 맞은편 2층 식당을 찾았다. 국밥 한 그릇을 시켜놓고 식당 주인에게 사고 당시 상황을 들으려던 참이었다. 안에는 이미 여럿의 기자들이 주인에게 이것저것을 물어보고 있었다. 주인은 매우 피곤해 보였다. 같은 질문을 수십 번도 넘게 들었을 테니 대답하기가 얼마나 고역이었을까.

이태원관광특구연합회는 참사를 애도하는 차원에서 일주일 동안 영업을 중단했다. 그렇다 보니 근처에 문을 연 국밥집에만 취재진이 몰렸다. 식당 주인은 "기자들 밥이라도 해 주려고 문을 열었다"라고 했다. "뉴스에 다 나왔는데, 같은 얘기를 몇 번이나 해야 하니 힘들다"라고 하소연했다.

식당을 나와 이동한 곳은 녹사평. 분향소는 녹사평역 3번 출구에서 150여 미터 떨어진 곳에 있었다. 분향소를 설치한 지 얼마 안 지났고, 평일 낮 시간대라 조문객보다 기자들이 더 많았다. 줄을 서지 않을 정도로 한산했다. 10월의 마지막 날, 하늘은 유난히 높고 푸르렀다. 분향소에 들어가 국화 한 송이를 받아 들고 희생자를 애도했다. 고인의 명복을 빌고 또 빌었다. 누군가의 아들딸이었고, 손자였고, 친구였고, 배우자였을. 그날 밤, 그들은 집에 돌아가지 못했다.

  다음 날, 지인이 검은 양복을 입고 나를 만났다. 대낮부터 소주나 한잔하자고 했다. 그날, 그의 딸은 소중한 친구를 이태원에서 잃었다. 나와 만나던 날, 그는 아내와 딸과 함께 합동분향소에 다녀왔다고 했다. 그날 밤, 나와 그는 인생이 무엇이냐, 국가가 무엇이냐, 누가 죄인이냐고 따지며 울고불고했다.

  전쟁기념관 앞에선 오늘도 대통령실을 향한 집회와 시위대의 목소리가 시끄럽게 뒤섞이고 있다. 무더위가 절정을 향해 헐떡이며 가고 있다. 이 더위가 지나가면 가을이 오겠지. 며칠 지나면 가수 이용이 부른 〈잊혀진 계절〉이 떠오르는 10월이 오겠지. 40을 가보지도 못하고 사라진 청춘들, 그들의 꿈이 사라진 10월의 마지막 날도 오겠지. 국화꽃 향기에 실려.

5. 국화2

이태원과 녹사평에 다녀왔던 날을 기억한다. 분향소를 찾은 조문객들 표정은 숙연했다. 하나같이 비통한 모습이었다. 어찌 할거나, 어찌 할거나, 불쌍해서 어찌 할거나, 곡하는 이도 있었다. 참사의 충격이 워낙 컸던 만큼, 내 가족이 아니어도 추모행렬은 전국으로 이어졌다. 정부는 '국가 애도 기간'까지 선포했으나, 누구도 책임지거나 사과하지 않았다. 아프게 떠났을 사람들, 죽기 직전 겪었을 고통과 공포, 더는 사랑하는 사람을 볼 수 없겠다는 안타까움, 왜 하필 이렇게 생을 마감해야 하는지에 대한 억울함. 그들의 가족은 또 어찌 할거나. 원통하고 애통해서 어찌 할거나. 나는 그들의 심정을 십 분의 일 정도는 안다. 나 역시 길 위에서 가족을 잃어본 유족의 한 사람이니까. 갑작스러운 죽음을 받아들이기 힘들었을 사람들. 이루 말할 수 없는 충격과 상처, 그리고 분노. 그런 걸 보면, 인생이 나에게 술 한 잔 사주지 않는다고 탓할 일만은 아니다. 그날 거기에 있지 않았던 게 천만다행이라고 여겨야 할지도. 우주라는 세계에서 숨이 붙어있는 '생명체'라는 존재 이유에 감사해야 할지도.

완화치료 간호사로 일한 미국 작가 '샐리 티스데일'은 〈인생의 마지막 순간에서〉(Being, 2019)라는 저서에 "애통에는 엄격한 시간표나 정해진 스케줄이 없기에 정확히 언제 털고 일어날지 아무도 모른다"고 썼다.

다만 작가는 대다수가 몇 달에서 몇 년에 걸쳐 앞으로 나아가고, 떠난 사람이 없는 새로운 삶을 어떻게든 꾸려 나간다고 했다. 정말 몇 달이 가고, 몇 년이 지나면 애통한 마음이 가실까. 아무렇지 않은 듯, 내 길을 걸어갈 수 있을까. 시간이란 게, 그렇게 모든 걸 치유해 줄 수 있을까. 애통한 죽음이란, 그 찰나의 순간을 떠올렸을 때, 내 눈에선 한줄기 눈물이 주르륵 흘렀다. 문밖에선 소나기가 후드득 떨어졌다. 주섬주섬 옷을 입고 밖으로 나갔다. 금방 멈출 줄 알았던 비가 꽤 길게 왔다.

차를 몰고 산사로 향하는 내내 와이퍼가 연신 앞 유리를 닦았다. 삼십 분쯤 걸렸을까. 산사 어귀에 이르렀다. 예전에는 동동주와 도토리묵을 팔던 허름한 식당 하나가 있었는데, 지금은 불교용품점으로 바뀌었다. 절에 오르는 길 양쪽에는 오색 연등이 줄줄이 사탕처럼 매달려 있었다.

초파일이 하루 전이었다. 산 능선에는 빗물을 잔뜩 머금은 물안개가 자욱했다. 주차장에 차를 세웠다. 우산 쓴 사람들을 따라 대웅전으로 올라갔다.

가는 길에도 곳곳에 연등이 달렸다. 비 비린내에 묻혀서인가, 향내를 맡지 못했다. 여기서 나는 아버지 49재를 올렸다. 어머니는 매년 초파일을 앞두고 아버지 이름을 적은 연등을 매단다. 본당에 들어가 방석 하나를 가져다 놓고 앉았다. 과거와 현재, 미래를 관장한다는 삼존불을 올려봤다. 너그럽게도 생겼다. 금방이라도 자비가 쏟아지게 생겼다. 그래서 사람들이 이곳에 와서 108배도 하고, '관세음보살'을 찾는 걸까. 나는 조용히 일어나 절을 했다. 108배는 포기하고, 8배만 했다. 108든, 8배든 횟수가 중요할까. 모든 건 마음에서 비롯한다는데. 여덟 번만으로도 심란했던 마음이 다스려졌으니, 족하다.

방석을 제자리에 가져다 놓고 대웅전을 나왔다. 빗줄기

는 더 굵어졌다. 본당 댓돌에 앉아 추녀에서 떨어지는 빗소리를 들었다. 절 주변을 감싸고 도는 숲과 솔밭의 풍경에 타닥타닥 쏟아지는 빗소리를 더하니 제법 운치가 있었다. 오길 잘했다. 우울했던 기분이 떨어지는 빗소리에 씻겨 내려가는 듯했다. 여덟 번 만의 절에도 부처님은 나에게 더 없는 자비를 베푸나 보다, 싶었다. 살이 꺾인 우산을 고쳐 쓰고 칠성각을 지나 본당 위쪽으로 올라갔다. 동양에서 가장 큰 청동 불상이 웅장한 모습을 드러냈다. 어릴 적 아버지 왼손 잡고, 어머니 오른손 잡고 와서 보고 깜짝 놀라 입이 떡 벌어졌던. 그래서 그 앞에서 사진도 찍고, 불공도 드렸던 기억이 새록새록 떠올랐다. 청동 불상은 수십 년 동안 그 자리에 앉아 있었다. 오랜 시간 앉아 있으면 지겨워서라도 일어나고 싶을 텐데, 어떻게 참고 있는 걸까. 하긴 부처의 머리가 곱슬머리인 것도 분명 이유가 있을 테니.

  초등학교 시절, 학교에서 내준 숙제를 하기 위해 집 근처 절에 있는 상좌스님에게 전화를 건 적이 있다.

"스님, 왜 부처님은 머리가 곱슬인가요?"

수화기 너머 스님은 허허 웃으며 설명했다.

"석가모니께서 보리수나무 아래 앉아 오랜 시간 수행 중이었단다. 수행하는 동안 꼼짝도 하지 않으니, 새들이 그게 사람인 줄 모르고 날아와 머리 위에 집을 지었지. 석가모니는 그것에도 아랑곳없이 수행에 집중했지. 그렇게 세월이 지나다 보니 곱슬머리가 된 거란다."

나는 고개를 끄덕거리며 스님 말을 믿었다. 석가모니는 얼마나 오랫동안 꼼짝하지 않고 수행했을까. 열반에 들어 부처가 될 때까지였을까, 허리는 안 아팠을까, 끼니는 어떻게 했고, 화장실은 또 어떻게 해결했을까. 되지도 않는 생각을 골똘히 하면서 주차장까지 내려왔다. 산사 나뭇가지에 새 한 마리가 비를 맞은 채 오들오들 떨면서 나를 내려다봤다. 나와 새는 서로를 측은하게 보며 한동안 그렇게 있었다.

어느덧 새는 어디론가 날아갔고, 나는 몇 해 전 새로 지은 나한전 앞에 다다랐다. 안에는 1,000개가 넘는 나한상을 모셨다. 내 아버지 '존자(尊者)'도 그중 한 곳에 있었다. 존자 이름은 '군두바한'. 뜻은 '왕의 시중을 받고 한곳에 집중해 깨달았으며, 식권을 얻는 이들 가운데 제일 자리에 놓인 존자'라고 적혀 있었다. 극락왕생이 존재하는 진 모르겠다. 하지만, 적어도 저승에선 먹을 걱정만큼은 안 하겠구나. 존자 앞에서 두 손 모아 합장했다. 생로병사가 없는 곳에서, 과거도, 현재도, 미래도 없는 곳에서 평안을 빌면서.

돌아오는 길, 한낮인데도 날은 여전히 어둡고 을씨년스러웠다. 비는 가늘고 약하게 뿌렸다. 차창 밖으로 새 한 마리가 날개를 길게 펴고 날아갔다. 산사에서 봤던 그 새인지는 모르겠는.

6. 10시 10분

    도심 골목의 한적한 감성 술집. 조명은 어두컴컴하고, 내부에는 적막이 흐른다. 홍콩 누아르 영화 분위기 물씬 풍기며. 실제 한쪽 벽면에선 빔 프로젝터로 〈화양연화〉 한 장면이 물 흐르듯 흐른다. 그러다 출입문이 열리면 주윤발과 장국영이 쌍권총을 들고 들이닥칠 것만 같은. 참, 그러고 보니 주윤발도 마라톤을 즐겼다지.

바 테이블에 사내 두 명이 앉아 있다. 한 사람은 주윤발을 닮은 나, 맞은 편에는 황비홍 이연걸을 닮은 대머리 사장님. 고인이 된 장국영이 부른 영웅본색 O.S.T '당년정(當年情)'이 잔잔히 흐르고. 소주잔을 앞에 둔 두 사내는 아무런 말이 없다. 말 대신 술잔만 오가도 충분하다는 듯.

두 사내의 고독과 고단함과 40이 서로의 술잔에 하얗게 담겨 있다. 이따금 위로처럼 들리는 영화음악을 타고 찰랑거리며. 파스텔 색조 조명에 비친 사장의 머리가 유난히 반들거린다. 이윽고 대머리 사장의 입이 열렸다.

"밤 10시 간판 불을 끄고, 셔터를 내린 다음 이 자리에 혼자 앉아 술을 마시곤 합니다. 한번은 벽시계를 보니 10시 10분이더군요. 작은 바늘과 큰 바늘이 마치 두 팔을 벌리고 있는 것 같더군요. 기분이 좋은 날은 '만세' 부르는 것처럼 보였고, 우울한 날에는 모든 걸 포기한 채 세상에 '항복'하고 싶은 것처럼 보이더라고요."

정신과 의사 김병수 원장은 2012년 중년의 사춘기를 맞은 이들을 위한 심리 처방전 〈흔들리지 않고 피어나는 마흔은 없다〉를 펴냈다. 그는 책 서문에서 중년을 '전투'라고 표현했다. 그것도 끝이 보이지 않는. '이제 그만하자.' 하다가도 마음을 고쳐먹는. '내가 지금까지 어떻게 해왔는데 여기서 이렇게 무너지면 모든 것이 끝이다.' 마음을 다잡는. 다시 총알 장전하고 총구를 부여잡는. 사무치는 허무와 좌절, 온갖 시련이 찾아오는.

내가 그와 마지막 잔을 함께 부딪치고 자리에서 일어났을 때, 불빛에 반사된 그의 민머리가 반짝였다. 가게 벽걸이 시계는 10시 10분을 지나고 있었다.

그때 내 마음은 전투에서 승리해 만세를 불렀을까, 빈 총구를 부여잡은 채 항복하고 있었을까.

202

7. 계절, 변화

  하늘이 높아졌다. 바람결도 달라졌다. 대단했던 더위의 위력이 한풀 꺾였다. 선선한 바람은 계절의 변화를 예고하며 불어온다. 다시 한 계절이 가고, 다른 계절이 온다. '가을'이라는 이름표를 달고서.

  '가을'하면 무엇이 떠오르는가? 누렇게 벼가 익어가는 황금 들판과 들판을 지키는 허수아비와 그 위를 날아다니는 고추잠자리. 빨갛게 익어가는 고추와 아람 불어 벌어지는 밤송이와 국화와 코스모스와 단풍, 그리고 소풍. 떠올리기만 해도 정겹고 그리운 풍경 아닌가.

특히 빨갛고, 노랗게 물든 단풍은 그야말로 가을을 대표하는 상징과 같다. 하지만 그 곱고 고운 단풍도 한두 달만 지나면 지고 만다. 봄의 벚꽃이 그러하듯, 낙엽이 되어 떨어진다. 언제 고운 자태를 뽐냈던 적이 있었냐는 듯. '화무십일홍(花無十日紅)'이라는 말처럼. 꽃이든 단풍이든, 좋은 시절은 자두나무의 유월처럼 짧디짧다.

그 짧은 시간을 위해 겨울을 이겨내고 봄여름을 참고 견딘다. 단풍은 인내하며 몸을 갈고 닦고, 색을 만들어낸다. 그리고 마침내 붉고, 노란 강렬함과 멋을 발산한다. 그래서 아름다운 계절이 '가을'이다.

절정의 시기가 지나면 스스로 물러날 줄 아는 자세. 그

겸손한 태도는 단풍과 낙엽이 보여 주는 또 하나의 '컬래버레이션(Collaboration)'이다. 그런데 우리는 어떠한가. 욕망과 욕심이 끝이 없다. 부와 명예, 권력을 좇는 데 아까운 시간을 허비한다. 남보다 더 갖겠다고 악을 쓴다. 그 과정에서 죄를 짓기도, 선량한 사람에게 피해를 주기도 한다. 영화 〈범죄도시〉 시리즈에 등장하는 악당들처럼.

영원불변한 건 세상에 없다. 생명을 가진 생물은 모두 소멸하기 때문이다. 부와 명예, 권력도 마찬가지다. 아등바등 살 이유는 있겠지만, 사회에 해와 폐를 끼치는 삶이 무슨 의미가 있을까? 좋았던 때는 '순간'이나 '찰나'에 불과하거늘. 아름다운 계절과 자연에서 '겸손'과 '배려'를 배워야겠다. 책도 꾸준히 읽어 마음의 양식을 채워야겠다. 그런 걸 다 이룰 수 있는 계절이 왔다. 더운 날씨를 핑계로 미뤄 놓은 일이 있다면, 슬슬 시작해보는 건 어떨까?

무엇이든 하기 좋은 날씨다. 된서리 오고 찬 바람 불면 더 미루고 못할 테니까. 이 좋은 시간을 헛되이 보내면 후회할 수도 있으니까. 추수의 계절, 수확의 기쁨을 얻는 가을이기를 소망한다.

한동안 연락하지 못했던 친구에게 편지 한 장 써도 괜찮을 초가을 오후다. 편지가 어렵다면 엽서 한 장이라도 써 봄 직하다. 난 이 순간을 놓치기 싫어 글을 쓰고 앉았다. 그리고 이 글을 읽고 있는 고마운 당신을 위해 시 한 편을 소개한다. 책 읽고, 글 쓰다, 놀러 가기 딱 좋은 날이다.

한 잎 두 잎 나뭇잎이 낮은 곳으로
자꾸 내려앉습니다 세상에 나누어 줄 것이 많다는 듯이
나도 그대에게 무엇을 좀 나눠주고 싶습니다
내가 가진 게 너무 없다 할지라도
그대여

가을 저녁 한때

낙엽이 지거든 물어보십시오

사랑은 왜

낮은 곳에 있는지를

-안도현 〈가을엽서〉

8. 활

    정부에서 '만 나이 통일법'을 시행했다. 나이가 한 살 줄긴 했지만, 나는 아직 40대이다. 40의 한복판. 이제 5년만 지나면, 영영 끝나지 않을 것 같은 40의 터널을 벗어난다. 더 있고 싶어도 머물 수 없다. 50에는 무슨 일을 하고 있을까. 음, 한치 앞도 모르는 게 사람 인생이라는데, 몇 년 뒤 일을 어떻게 장담할까.

별일이 없는 한, 지금처럼 기자로 살지 않을까, 미루어 짐작할 따름이다. 대신 기사가 아닌 취미로서 글쓰기와 독서는 게을리하지 않으리라. 그래서 작가의 삶도 충실히 살아볼 작정이다. 달리기도 부지런히 할 생각이다. 마라톤 대회를 얼마나 더 출전할 진 모르지만, 꾸준히 달릴 계획이다. 정신 건강에도, 신체 건강에도 좋다는 걸 확인했으니. 그렇게 살다 보면, 50이나 60이 40처럼 두렵거나 무섭진 않겠지.

나는 무엇보다 가족과 친구, 직장 동료 등 든든한 지원군이 있다. 만 45년을 살면서 저금처럼 모아온 '사람'이란 재산도 두둑하다. 그동안 그 재산을 모을 줄만 알았지, 쓸 줄을 몰랐다. 그래서 몰래 한숨 쉬고, 혼자 힘들어하고, 숨어서 눈물 흘렸나 보다. 40은 '그냥 아픈' 나이인 줄도 모르고. 이제는 내가 가진 인적 자산과 네트워크를 최대한 활용할 참이다. 가슴을 열고, 소통하며, 연대할 것이다. 더러는 도움을 주고받으면서 공동체의 삶을 영위하고 싶다.

50이 되면 지금보다 신체적 변화는 심해지겠지. 맨 먼저 주름이 늘어날 것이고, 똥배가 나올 것이며, 체력도 훅 떨어질 것이다. 게으름도 늘어날 것이다. 그래도 건강하게 살려고 발버둥 치리라. 나태하지 않으려고 부지런히 움직이리라. 열정과 용기, 도전하려는 마음만 잃지 않으면 50이란 나이가 대수랴. 무서운 건 습관이겠지. 40대에 습관을 잘 들여놔야 50대, 60대 이후까지 행복한 노년을 보낼 수 있지 않을까.

　이 글을 쓰면서 든 생각은 '40'이라는 나이는 아직 활을 쏠 때는 아니라는 것이다.

　왜냐고? '100세 인생'이라는 노래도 있지 않은가. 그렇다면 40이란 나이는 이제 막 활시위를 끌어당기고 있는 위치에 있는 것이다. 줄을 팽팽하게 잡아당기고, 표적을 제대로 바라봐야 하는 나이, 그게 바로 '40'이 서 있는 지점이라고 생각한다. 단단하게 활을 쥐고 화살을 시위에 겨누리라.

그리고 화살이 표적에 제대로 날아갈 수 있도록 몸을 단련하고, 잡념이 들지 않도록 마음도 다잡으리라. 그리고 '50'이라 적힌 표적을 보리라.

나의 40은 활시위를 단단히 붙들고 고요히 과녁을 응시하는 40이다.

낙타

어릴 적 동물원에서 치음 봤지 덩치 큰 그녀서.
속눈썹은 늙은 작부의 눈 화장처럼 길고 풍성했고,
시골집 송아지 매양 생긴 눈망울은 알사탕만 한 눈물방울
또르르 떨어질 듯 영롱했다.

얼굴부터 덥수룩한 털은 턱과
목 아래까지 덮어 노련한 자태를 뽐냈고,
짐짝처럼 매단 등허리 혹 두 개
인생의 고개처럼 굽이친다.

땅을 딛고 서 있는 네 다리는

무게를 감당할 수 있을까 모를 만큼

가늘고 여위어,

하루 벌어 하루 사는 빈자(貧者)의 오늘인 양

불안하고 초조하며 위태롭다.

사람들 시선을 의식하듯

기품 있는 동작으로 걸음을 옮긴다.

아타카마 사막 어디서 태어났을까, 사하라를 지나왔을까,

고비를 지나왔을까, 어디서 길을 잃고 여기까지 흘러왔을까.

작열하는 태양 아래

모래바람만 서걱거리는 지긋지긋한 삶의 벌판에

낙타들의 행렬이, 보이는 듯 사라진다.

에필로그

50

 어릴 적 내가 살던 시골 마을 강가와 개울가에는 갈대가 무성했다. 가을이 되면 하얀 갈대가 바람결에 낭창낭창 흔들리던 모습이 눈에 선하다. 무성한 갈대밭에 팔 벌리고 누우면 새파란 하늘이 끝없이 높게 보였고, 그 사이로 조각구름이 돛단배 가듯 지나갔다. 그때 왜 알 수 없는 눈물이 또르르 흘러 내렸을까. 구름 한 조각이 청노루 같은 소년의 눈에 들어와서 였을까, 아니면 갈대 검불이 눈에 들어가서 였을까.

정박하여 있던 삶, 그 삶의 밧줄을 풀어헤치고 힘차게 배를 밀고 끌어 망망대해로 함께 나갔던 친구들, 지금 한 배에 탄 가족과 동료들, 남은 항로에서 만날 미지의 세계와 인연들. 40은 힘차게 바다를 가르며 노를 젓다 잠시 쉬어 가도 좋을 섬 같은 경유지다. '연륜'이라는 이름의 연료로 깊이와 넓이를 채워 넣을 시간이다.

쇼펜하우어 신드롬을 일으킨 책 〈마흔에 읽는 쇼펜하우어〉에 이런 문장이 있다.

'우리 인생의 첫 40년은 본문이고, 그 다음 30년은 그 본문에 대한 주석이다.'

100세 인생이라고 치면, 나머지 30년은 본문과 주석을 다듬고 고쳐 에필로그를 쓸 나이다. 그 지난한 길 '40'을 쓰며 걷는다. 나는 지금 오랜 친구 '마틸다의 서재'에 와 있는 것처럼, 아늑하고 포근하고, 후련하다.

작가의 말

  2023년 5월 캄보디아 프놈펜에서 열린 '제32회 동아시안게임' 여자 육상 5,000m 결승. 폭우 속에서 빈 트랙을 혼자 돌던 선수가 있었다. 캄보디아 육상선수 '보우 삼낭'. 그녀는 꼴찌로 결승선을 통과했다. 관중석에서는 환호와 격려가 쏟아졌다. 삼낭은 참았던 눈물을 터트리며 캄보디아 국기를 들어 올렸다. 그녀는 한 언론과 인터뷰에서 이렇게 말했다.

"인생에서 조금 느리든 빠르든 목적지에 결국 도달한다는 걸 보여 주고 싶어서 끝까지 뛰었다. 그러니 우리는 포기하지 말아야 한다. 최선을 다해야 한다."

40은 '버티기'다. 찍혀 나가지도, 튕겨 나가지도 않으려면 지구력을 발휘해야 할 구간에 진입했다. 되돌아갈 길은 없다. 어떻게 하든 끝이 보이지 않는 어두운 터널을 빠져나와야 한다. 걱정하지 마시라. 끝이 없을 것 같아도 터널의 끝은 분명이 나올 터이니. 그러니 포기하지 말고 최선을 다해 뛰자. 긴 터널을 벗어나는 순간을 상상하면서. 눈부신 햇살이 우리 앞을 환히 비추고 있으리니.

40은 '이해의 시간'이다. 나를 사랑하며, 남을 배려하는 때이기도 하다. 때로는 너그러운 포용력과 이해력이 요구되는 나이다. 그런 상호작용이 부족하면 외롭고, 우울하며, 괴롭고, 답답한 나날에 스트레스만 켜켜이 쌓여갈 터.

한참을 뛰다 헉헉 숨이 찬다면, 속도를 줄이고 호흡을 가다듬어 보자. 가는 길이 끝없는 사막 같다고 낙담하지 말고, 주위를 둘러보자. 뛰느라 미처 보지 못한 경치가 선연히 눈에 들어올지 모르니. 불현듯 학창 시절 교과서에서 읽은 '폴 빌라드'의 〈이해의 선물〉 마지막 부분이 떠오른다.

　"내가 위그든 씨에 대한 이야기를 끝마쳤을 때, 아내의 두 눈은 젖어 있었다. 아내는 걸상에서 내려와 나의 뺨에 조용히 입을 맞추었다. 아직도 그 검드롭스 냄새가 생각나."

　이제 나도 나의 이야기를 여기서 마치려 한다. 나의 글을 이해하고, 조증과 울증을 오가는 나의 성질을 이해한 한 사람. 거칠고 투박한 원고를 다듬고 고쳐 끝내 마침표를 찍게 해준 한 사람. 강가 출판사 이지성 대표께 온 마음을 다해 경의를 표한다.

편집자의 말

그대와 함께 끝까지 뛰어보고 싶습니다. 〈40〉을 마무리하며 그대 뒷모습을 바라봅니다.

"반가웠던 그대"
"그리운 추억, 간직한 그대"
"묵묵히 가고 있는, 자랑스러운 그대"

그대에게 저는
"환호를 보냅니다."